Boda con el enemigo

Melanie Milburne

Bianca™

HARLEQUIN™

Editado por HARLEQUIN IBÉRICA, S.A.
Núñez de Balboa, 56
28001 Madrid

I.S.B.N.: 978-84-671-6954-6
Depósito legal: B-35728-2009
Editor responsable: Luis Pugni
Preimpresión y fotomecánica: M.T. Color & Diseño, S.L.
C/. Colquide, 6 portal 2 - 3º H. 28230 Las Rozas (Madrid)
Impresión y encuadernación: LITOGRAFÍA ROSÉS, S.A.
C/. Energía, 11. 08850 Gavá (Barcelona)
Fecha impresion para Argentina: 10.5.10
Distribuidor exclusivo para España: LOGISTA
Distribuidor para México: CODIPLYRSA
Distribuidores para Argentina: interior, BERTRAN, S.A.C. Vélez
Sársfield, 1950. Cap. Fed./ Buenos Aires y Gran Buenos Aires,
VACCARO SÁNCHEZ y Cía, S.A.
Distribuidor para Chile: DISTRIBUIDORA ALFA, S.A.

Capítulo 1

EL SEÑOR Venadicci ha conseguido hacerle un hueco entre dos reuniones y la recibirá ahora –le informó a Gabby con una corrección cortante la secretaria–. Sólo podrá dedicarle diez minutos.

Gabby asintió educadamente, sin exteriorizar el enfado que había ido acumulando durante la hora que llevaba allí esperando a que Vinn Venadicci se dignara a hablar con ella.

–Gracias –dijo ella–. Intentaré no hacerle perder demasiado tiempo –ironizó.

Por muy difícil que fuera a ser ver de nuevo a Vinn, pasara lo que pasase, tenía que permanecer tranquila y mantener el control. Había demasiadas cosas en juego como para echarlo todo a perder por una de las furiosas reacciones que tantas veces había tenido siete años antes. Había pasado mucho tiempo desde entonces y, aunque no estaba dispuesta a contarle todas las cosas por las que había tenido que pasar, tampoco iba a humillarse delante de él.

Su torre de oficinas en pleno centro financiero de Sidney era todo un símbolo de su meteórica ascensión. Desde sus humildes orígenes en el seno de una familia italiana comandada por su madre, Rose, había sorprendido a propios y extraños con su capacidad, a todos menos al padre de Gabby, que siempre había sabido reconocer el talento que tenía y había hecho todo lo posible para echarle una mano y allanarle el camino.

Pero pensar en su padre era lo último que debía hacer en aquel momento. Henry St Clair estaba muy débil de salud después del agresivo ataque al corazón que había sufrido. Gabby había tenido que hacerse cargo de todo mientras su padre se recuperaba del triple by-pass que le había sido practicado. Su madre se había apostado al pie de la cama de su marido, dejando a Gabby la entera responsabilidad de sacar las cosas adelante.

Todo había sucedido de repente, y Gabby se había puesto a la cabeza de los negocios de la familia para evitarle a su padre más complicaciones. Estaba dispuesta a hacer cualquier cosa para que estuviera tranquilo y se recuperara, aunque significara ver de nuevo a Vinn Venadicci.

Gabby golpeó con los nudillos la puerta que tenía grabado el nombre de Vinn en grandes letras y sintió una ligera náusea en el estómago, la misma sensación que le asaltaba siempre cuando estaba cerca de él.

—Adelante.

Gabby echó los hombros hacia atrás, levantó la barbilla con altivez y abrió la puerta. Vinn estaba sentado ante su escritorio y no hizo el menor ademán de levantarse, una grosería que Gabby ya estaba preparada para encajar. Siempre había tenido un aire de insolencia, de mirar a los demás por encima del hombro, incluso cuando vivía con su madre en la casa de empleados de la mansión St Clair.

A pesar del esfuerzo que había hecho para estar tranquila y no perder la compostura, Gabby sintió que su corazón, contra su voluntad, se aceleraba dentro de su pecho. Incluso sentado, Vinn tenía una estatura intimidatoria. Un mechón de su cabello moreno caía ligeramente sobre su frente mientras los rayos del sol iluminaban su rostro. Tenía la nariz marcada por todas las peleas en las que se había metido en su juventud. Al contrario que otros hombres de negocios de éxito, que recurrían a la cirugía estética para arreglar los defectos de su rostro, Vinn los llevaba como una medalla. Lo mismo ocurría con la cicatriz que partía en dos su ceja izquierda, una marca que le daba un aspecto peligroso y, al mismo tiempo, muy atractivo.

–Vaya, ¿cómo está la viuda alegre? –preguntó él mirándola de arriba abajo–. ¿Cuánto tiempo hace que no nos vemos? ¿Un año? ¿Dos? El duelo parece sentarte muy bien, Gabriella. Nunca te había visto tan guapa.

Gabby acusó el golpe mirándole fijamente, sin pestañear, pero con una incómoda corriente eléctrica recorriendo su espalda. Tristan Glendenning había muerto dos años antes y, las pocas veces que había vuelto a ver a Vinn, él no había dejado de recordárselo con su típico tono sarcástico. Cada vez que le decía algo sobre su difunto marido, era como si le estuviera arrojando un insulto a la cara.

–¿Puedo sentarme? –preguntó amablemente ocultando todo lo que estaba pensando.

–Por supuesto –respondió Vinn señalándole con la mano la silla situada enfrente de él–. Ese trasero se merece descansar. Pero no te pongas muy cómoda, en diez minutos tengo una reunión importante.

Gabby se sentó en el borde de la silla odiándose a sí misma por el rubor que las palabras de él habían provocado en sus mejillas. Vinn siempre había tenido la extraña e incómoda virtud de hacerle ser plenamente consciente de su cuerpo a través de las frases que utilizaba para hablar con ella. Nadie tenía esa capacidad más que él.

–Bueno –dijo apoyando la espalda en el respaldo de su asiento–. ¿Qué puedo hacer por ti, Gabriella?

Ella guardó silencio unos instantes. Nadie más que él utilizaba su nombre completo para dirigirse a ella. Había empezado a hacerlo cuando ella acababa de cumplir catorce años, cuando la madre de él había sido contratada para limpiar en la mansión y había llegado allí con su hijo de dieciocho años. La forma en que pronunciaba su nombre también tenía algo especial. Aunque había nacido en Australia, la constante presencia del italiano en su casa le había dado un toque exótico a su acento. Cuando decía su nombre, Gabby se quedaba como paralizada.

–He venido porque ha surgido un pequeño problema –dijo frotándose las manos por debajo de la mesa intentando controlar los nervios–. Como mi padre ahora mismo está descansando y no puede hacerse cargo de nada, he pensado que podrías aconsejarme.

Vinn la observó detenidamente con su aire enigmático mientras pulsaba una y otra vez el resorte de su estilográfica.

—¿Cómo está tu padre esta mañana? —preguntó él—. Le vi ayer por la noche en la unidad de cuidados intensivos. Parecía un poco desmejorado, pero supongo que es normal.

Gabby sabía que Vinn visitaba regularmente a su padre, aunque siempre se las arreglaba para no coincidir con él en el hospital.

—Lo está haciendo muy bien —respondió—. La cirugía está programada para la próxima semana. Creo que están esperando a que se estabilice un poco.

—Sí, es mejor —dijo él dejando la estilográfica sobre la mesa—. Los médicos estiman que se recuperará del todo ¿verdad?

Gabby intentaba no mirar sus manos, pero tenían algo que le atrapaba. Eran grandes y poderosas, con dedos estilizados y un tupido vello moreno que les daba un aspecto masculino difícil de resistir.

Ya no era el chico que había conocido una vez. Su piel morena estaba brillante y bien cuidada, sus músculos, tonificados y muy marcados, signo del estricto programa de entrenamiento físico al que se sometía. A su lado, los ejercicios de gimnasia que hacía ella parecían un mero pasatiempo.

—¿Gabriella?

Intentó recuperar la compostura y le miró a los ojos, unos profundos y penetrantes ojos grises. Nunca había sabido nada acerca del padre de Vinn. Por algunos comentarios había deducido que no había sido italiano como su madre, pero nunca le había preguntado sobre ello directamente. Algo le había hecho intuir desde muy pronto que para su madre y para él no era un tema agradable de conversación.

–Bueno... No estoy segura –respondió finalmente a la pregunta que le había hecho sobre la recuperación de su padre–. No he hablado con los médicos.

En cuanto terminó de hablar, se dio cuenta de lo indiferentes que habían sonado sus palabras, como si la salud de su padre no le importara. La realidad era muy distinta. No había nada en el mundo que le preocupara más. De no haber sido por el ataque al corazón de su padre, ella nunca habría tenido que ir hasta allí a hablar con Vinn.

–Supongo que esta visita tiene que ver con la oferta que se ha hecho por el complejo residencial St Clair Island, ¿me equivoco?

Gabby intentó ocultar su sorpresa. ¿Cómo se había enterado?

–Sí, en realidad... Como seguramente sabrás, mi padre pidió hace un año y medio un préstamo para modernizar el lugar. Ayer por la tarde recibí una llamada. Me dijeron que, si no pagábamos el importe total del préstamo, podíamos tener problemas, y todo el complejo saldría a la venta.

–¿Has hablado del asunto con vuestros contables?

–Dicen que no hay forma humana de reunir tal cantidad de dinero en veinticuatro horas –dijo ella bajando un poco la mirada.

Vinn tomó de nuevo la estilográfica y empezó a accionar una y otra vez el botón, como si fuera un ritual que le ayudara a pensar.

–No le has dicho nada a tu padre, ¿verdad?

–No, por supuesto que no –respondió ella con dificultad para mantener su mirada–. No quiero preocuparle. Si le digo lo que está pasando, puede que le provoque otro ataque.

–¿Qué hay de los que llevan la gestión del complejo? ¿Saben lo que está pasando?

–He hablado con Judy y Garry Foster –respondió ella–. Como es lógico, están preocupados por sus empleos, pero les aseguré que me ocuparía personalmente de solucionarlo todo.

–¿Has traído la documentación? –preguntó tras una pausa.

–No, pensé que sería mejor discutir primero el tema contigo.

Estaba incómoda. Se sentía incompetente, intentando manejar asuntos que se le escapaban. Desde que sus padres le habían pedido que se hiciera cargo de todo, había tenido dudas sobre su capacidad para sacarlo adelante, pero no había querido decirles nada para no defraudarles. Ambos tenían muchas esperanzas puestas en ella después de la trágica muerte de su hermano mayor, Blair. Gabby había intentado hacer todo lo posible para llenar el terrible vacío que había dejado, pero seguía teniendo la sensación de estar abarcando más de lo que podía manejar.

–De modo que tienes un día para reunir los fondos necesarios, ¿no es así? –preguntó él.

–Efectivamente –respondió ella ocultando lo difícil que le resultaba hablar de todo aquello–. Si no lo logramos, mi familia tendrá que sacarlo a la venta y sólo tendremos el treinta y cinco por ciento de las acciones. No sé exactamente si puedes ayudarme en algo. Sé perfectamente que si mi padre no estuviera en el hospital, hubiera venido a verte antes que a nadie para tratar contigo todo esto.

–¿Tienes alguna idea de quién está detrás de todo esto? –le preguntó Vinn.

–No –respondió–. He preguntado a todas las personas que conozco, pero nadie parece tener la más ligera idea.

–¿De cuánto dinero estamos hablando?

Gabby respiró profundamente antes de responder.

–Dos millones cuatrocientos mil dólares.

–Vaya –dijo él enarcando una ceja–. No es precisamente calderilla.

–No, no es algo que te puedas encontrar por la calle –comentó ella–. Estoy segura de que mi padre nunca pensó que esto podría llegar a ocurrir. El mercado ha estado muy inestable estos últimos meses. Parece que no hemos sido los únicos en pedir un préstamo en el peor momento.

–Desde luego.

–Bien... Me estaba preguntando... ¿Qué crees que podríamos hacer? –preguntó tímidamente, aunque la desesperación crecía en su interior por momentos–. No quisiera ponerte en un compromiso, pero mi padre respeta mucho tus opiniones, por eso he venido.

–Sí, ya me imagino que no habrás venido hasta aquí sólo para hablar del tiempo –dijo Vinn–. Por cierto, te quedan cinco minutos.

–Ya sabes lo que te estoy pidiendo –dijo Gabby

luchando consigo misma–. No me hagas decirlo sólo para alimentar tu ego.

Los ojos de él parecían llenarse de energía mientras se inclinaba sobre el escritorio.

–Quieres que pague yo ese dinero, ¿verdad?

–Mi padre ha hecho mucho por ti –respondió ella empezando con el discurso que había ensayado una y otra vez la noche anterior–. Pagó la fianza cuando robaste aquel coche con dieciocho años nada más empezar a vivir con nosotros. Te dio un aval para que pudieras ir a la universidad... No habrías conseguido todo lo que hoy tienes de no haber sido por él.

Vinn se recostó de nuevo en su asiento jugando con la estilográfica.

–Dos millones cuatrocientos mil dólares es mucho dinero, Gabriella –dijo–. Para poder hacer ese desembolso de dinero necesitaría algo a cambio, alguna garantía que me cubra las espaldas en caso de que las cosas salgan mal.

–¿Una garantía? –repitió ella alarmada–. Podemos hablarlo con nuestros abogados y llegar a un acuerdo. Podríamos firmar un plan de reembolso a cinco años, por ejemplo. Con intereses, por supuesto. ¿Qué te parece?

–Demasiado arriesgado –respondió él con una sonrisa enigmática–. Preferiría algo más seguro, algo que sea más que un simple trozo de papel.

–No estoy muy segura de entenderte –dijo ella dubitativa–. ¿Te refieres a algo más concreto? Lo único que podría adaptarse a tus requerimientos es la casa de mis padres, pero necesitarán algún sitio donde...

–No quiero su casa –la interrumpió clavándole la mirada.

–Entonces... ¿Qué es lo que quieres? –preguntó casi desesperada, llevándose la mano al estómago para intentar acallar las náuseas que sentía.

Se hizo el silencio. Un silencio incómodo y lleno de algo muy intenso que Gabby no fue capaz de precisar. El aire se había vuelto súbitamente denso, tan denso que le costaba respirar sin sentir una sensación de ahogo en lo más profundo de su pecho.

–¿Qué te parecería ser la garantía tú misma? –preguntó entonces Vinn.

–No poseo nada cuyo valor ascienda a esa cantidad –respondió ella frunciendo el ceño–. Sólo obtengo algunos pequeños ingresos de la sociedad para mis necesidades y poco más.

–Deduzco por lo que dices que tu difunto marido no te dejó en la posición desahogada que has disfrutado durante toda tu plácida vida, ¿me equivoco?

Gabby bajó la mirada para no tener que enfrentarse a los ojos de él, unos ojos que parecían estar llenos de reproche.

–Las finanzas de Tristan eran un desastre cuando murió de repente. Había deudas, cosas que no estaban claras... Demasiadas cosas que solucionar.

«Y demasiados secretos que ocultar», pensó Gabby.

–Te daré el dinero –afirmó Vinn finalmente–. Puedo hacerle llegar el dinero a la sociedad de tu padre con sólo encender mi ordenador y pulsar un par de veces el ratón. Tu pequeño problema estará solucionado antes de que llegues al ascensor.

Pero había una condición, podía presentirlo. Gabby le miró expectante para escucharla. Le conocía de sobra como para saber que jamás regalaría tal cantidad de dinero a cambio de nada. Vinn sentía un profundo respeto por su padre, incluso toleraba bastante bien a su madre, pero, en lo que tenía que ver con ella, sentía un profundo resentimiento. Aquel favor le estaba dando la oportunidad de resarcirse. Gabby estaba segura de que Vinn no iba a desaprovecharla.

—Por supuesto, habrá ciertas condiciones —empezó él.

Gabby se estremeció al ver la determinación en sus ojos.

—¿Qué tipo de condiciones?

—Me sorprende que no se te haya ocurrido ya —dijo él haciendo una mueca irónica, como si estuviera jugando al ratón y al gato con ella, como si estuviera disfrutando con todo aquello.

—Yo no... No tengo ni idea de a qué te refieres —tartamudeó ella frotándose las manos llenas de sudor.

—Pues yo creo que sí —dijo él—. ¿Recuerdas aquella noche justo antes de tu boda?

Gabby se obligó a sí misma a mirarle a los ojos, aunque notaba cómo la culpabilidad ascendía por su piel hasta teñirle las mejillas con un rubor difícil de ocultar. Recordaba perfectamente la noche a la que se refería Vinn. Durante el tiempo que había durado su matrimonio la había rememorado cientos de veces, preguntándose una y otra vez cómo habría sido su vida de haber hecho caso a Vinn.

La tarde anterior a su boda, Gabby se encontraba

en la iglesia realizando el ensayo final a pesar de que Tristan había llamado por teléfono diciendo que le habían programado una reunión de última hora y no iba a poder llegar. Vinn había llegado a toda prisa desde el aeropuerto después de haber estado seis meses en Italia, donde su madre se estaba muriendo. Se había apoyado en una de las columnas del fondo de la nave con su típica pose desenfadada y no había dicho nada.

Una vez terminado el ensayo, la madre de Gabby había invitado a todos los presentes a unos aperitivos en la casa familiar. Gabby le había pedido al cielo que Vinn declinara la oferta, pero cuando hora y media después salió del cuarto de baño de la planta superior, le encontró frente a ella.

—Tengo que hablar contigo en privado, Gabriella —le había dicho.

—No se me ocurre qué tienes que decirme —había replicado ella fríamente intentando ignorarle y pasar de largo, sintiendo las manos de él sujetándola con fuerza, deteniéndola, provocando una corriente eléctrica en todo su cuerpo—. Deja que me vaya, Vinn —le había pedido.

—No sigas con esto, Gabriella —le había pedido él en un tono que nunca antes le había oído utilizar—. Ese hombre no es para ti.

—He dicho que me sueltes —había insistido ella orgullosa intentando zafarse.

Pero Vinn la había tomado de la cintura y la había atraído hacia él hasta tenerla muy cerca, hasta tenerla más cerca de lo que nunca habían estado. Gabby se había quedado sorprendida por la fortaleza de su pecho, por la determinación con que las manos de él la estaban sujetando, por las emociones que estaba experimentando.

–Cancélalo –le había ordenado Vinn–. Tus padres lo entenderán. Todavía estás a tiempo.

–Como no me sueltes ahora mismo, empezaré a gritar –le había amenazado ella–. Le diré a todo el mundo que has intentado abusar de mí. Irás a la cárcel.

Vinn había acusado el golpe con un gesto amargo.

–Ese hombre se quiere casar contigo sólo por tu dinero –le había advertido Vinn.

Gabby había reaccionado con furia, aunque una ligera duda se había abierto camino en su interior, una duda que había empezado a sentir en las últimas semanas.

–No tienes ni idea de lo que estás hablando –le había espetado ella–. Tristan me quiere de verdad. Sé que me quiere.

–Si lo que quieres es casarte, entonces cásate conmigo –le había dicho él–. Al menos, estarás segura de con quién te comprometes.

–¿Casarme contigo? –le había preguntado ella en tono sarcástico–. ¿Y pasarme el resto de mi vida fregando escaleras como tu madre? Gracias, pero no.

–No puedo permitir que lo hagas, Gabriella –había insistido él–. Si no lo cancelas esta misma noche, mañana durante la ceremonia me levantaré delante de todo el mundo y diré claramente por qué no debes casarte.

–¡No te atreverás!

–¿Te apuestas algo, rubia? –preguntó él retándola–. ¿Quieres que todo Sidney sepa la clase de hombre que es tu futuro marido?

–Maldito seas... –había dicho ella–. Me aseguraré de que no puedas entrar. Hablaré con la empresa de seguridad que ha contratado mi padre y te prohibirán la entrada. Me voy a casar con Tristan mañana, digas tú lo que digas.

–Ahora mismo, no tienes ni idea de lo que quieres o a quién quieres –dijo él con firmeza–. Maldita sea, Gabriella. Sólo vas a tener veintiún años una vez. El suicidio de tu hermano te destrozó, nos destrozó a todos. Tu enlace con ese hombre ha sido una especie de reacción. Por Dios santo, hasta un ciego se daría cuenta.

La sola mención de su hermano, del trágico final que había tenido, había provocado una reacción en Gabby que hasta entonces no se había permitido tener por respeto a sus padres. Fue como una explosión, como la erupción de un volcán. Sacando fuerzas de algún recóndito lugar, le había dado un puñetazo en la barbilla con todas sus fuerzas.

Vinn había acusado el golpe. Pero, entonces, mientras ella todavía se tocaba la mano, dolorida por el impacto, él la había sujetado con fuerza y la había besado con furia, con pasión, con una intensa desesperación y deseo...

Gabby intentó volver al mundo real. No le gustaba pensar en aquel beso. Le daba vergüenza recordar cómo ella se lo había devuelto, recordar cómo a la mañana siguiente había acudido a la boda con una marca roja en la mano, una marca que le hacía imposible olvidar lo que había sucedido la noche anterior. Había sido como si Vinn hubiera estado presente en la ceremonia, como si hubiera podido burlar la vigilancia que ella le había pedido a su padre que apostara en la puerta.

—Ve al grano y dime lo que quieres —dijo Gabby molesta.

—Quiero que seas mi mujer.

Gabby no estaba segura de qué era más aterrador, la propuesta de Vinn o el darse cuenta de que no tenía más opción que aceptar.

—Parece una mala idea, teniendo en cuenta que nos odiamos y siempre nos hemos odiado —dijo ella sin amilanarse.

—Tú no me odias, Gabriella —dijo él sarcástico—. Odias lo que te hago sentir, que es algo muy distinto. Siempre ha habido entre nosotros algo especial, ¿vas a negarlo? Una intensa y secreta atracción, una intensa pasión reprimida entre la rica heredera y el hijo rebelde de la sirvienta. Es una mezcla explosiva, ¿no crees?

—Creo que te haces demasiadas ilusiones, Vinn —respondió ella altiva—. No soy consciente de haberme dirigido nunca a ti con algo que no haya sido desprecio.

Vinn miró el reloj que estaba en su escritorio y se levantó.

—Se acabó el tiempo, rubia.

—Necesito tiempo para considerar tu oferta —murmuró Gabby.

—El trato que te ofrezco estará en pie hasta dentro

de treinta segundos –dijo Vinn impasible–. Lo tomas o lo dejas.

–Es del trabajo de mi padre, del esfuerzo de toda una vida, de lo que estamos hablando –dijo ella desesperada–. Construyó ese lugar desde la nada en los setenta, después de que aquel ciclón lo arrasara todo. ¿Cómo puedes darle la espalda después de todo lo que hizo por ti? Maldito seas, Vinn. De no haber sido por mi padre, ahora mismo estarías dando vueltas en el patio de la cárcel de Pentridge.

–Ése es mi precio –dijo él sin inmutarse–. Si no te casas conmigo, no hay trato.

Gabby apretó los puños intentando darle una salida a su frustración.

–Sabes que no puedo negarme. Lo sabes y estás disfrutando. Sólo estás haciendo esto porque te rechacé aquella noche hace siete años.

Vinn se inclinó sobre el escritorio y pulsó el botón del intercomunicador.

–¿Rachel? –preguntó hablándole al aparato–. ¿Ha llegado ya mi siguiente cliente? La señorita Glendenning ya se va.

Los frutos del trabajo de toda una vida, del esfuerzo y el sudor de su padre, estaban en juego. Si no accedía, su padre iba a tener que venderlo todo, empezando por la casa que había pertenecido a sus padres, los abuelos de Gabby, antes que a él. Pensaba en la cara de decepción que pondría su padre cuando tuviera que decirle que le había fallado, que no había conseguido mantener los negocios a flote con la brillantez de que habría hecho gala su difunto hermano. De estar vivo Blair, seguramente ya habría resuelto el problema poniéndose en contacto con alguno de sus amigos. Ella, en cambio...

Nunca se había sentido atraída por aquel mundo. Le habían aburrido las interminables reuniones de negocios, los espectáculos corporativos, las negociaciones, el papeleo, los cálculos...

Lo que a ella le había gustado siempre había sido...

Pero ¿qué importaba ya? Nunca lo tendría. Tenía que sacrificar sus expectativas y sus sueños, al menos hasta que su padre se recuperara y pudiera tomar las riendas de nuevo.

Si era que eso llegaba a suceder.

Un escalofrío recorrió su cuerpo. Gabby había sido la última persona en ver con vida a Blair antes de que muriera de una sobredosis. Aunque sólo fuera por eso, tenía que ser responsable y afrontar las circunstancias de la situación en que se encontraba, aunque no le gustaran. Tener que casarse a la fuerza con Vinn Venadicci le repugnaba. Aunque, tal vez, ésa no era la palabra adecuada. Vinn era el hombre con el que cualquier mujer hubiera soñado, un hombre increíblemente atractivo, un hombre capaz de hacer temblar de deseo a cualquier mujer con su pelo oscuro, sus penetrantes ojos grises y sus músculos perfectos, casi esculpidos.

Casarse con él era meterse en problemas, pero ¿qué otra cosa podía hacer? ¿De qué otra forma podría conseguir tanto dinero en tan poco tiempo?

¿Era capaz de hacerlo? ¿Era capaz de casarse con un hombre de aquella manera?

Aquello era demasiado peligroso. Vinn era peligroso. Era orgulloso, era un seductor, era...

Pero no tenía a nadie más a quien recurrir.

Toda su familia dependía de ella.

—De acuerdo —dijo Gabby resignada—. Lo haré.

—Bien —asintió Vinn arrogante, como si no hubiera dudado ni un segundo de la decisión que iba a tomar—. El dinero será ingresado en la cuenta correspondiente en unos minutos. Iré a buscarte esta noche para ir a cenar. Así podremos discutir los preparativos de la boda.

—¿No podríamos esperar al menos unos días hasta que...?

—¿Hasta que puedas encontrar alguna otra solución? Desde luego que no, querida. Ahora que te tengo, no voy a dejarte escapar.

—¿Qué se supone que voy a decirles a mis padres?

—¿Por qué no les dices que finalmente has dejado de engañarte a ti misma y te has dado cuenta de que te tienes que casar conmigo?

Gabby le clavó una mirada gélida.

—Pensarán que me he vuelto loca.

—Quizá piensen que te has enamorado —dijo él—. Prefiero esa versión, al menos de momento. La salud de tu padre es muy delicada, y seguirá siendo así varias semanas después de salir de la cirugía. No quiero que tenga una recaída por todo este asunto.

Gabby guardó silencio. En eso, Vinn tenía toda la razón.

—Había planeado ir al hospital esta noche —dijo ella—. ¿Te veré allí o en la casa?

—Tengo un par de reuniones que podrían alargarse, de modo que, si no llego a tiempo al hospital, te veré en tu casa sobre las ocho y media. Me gustaría hablar con tu padre sobre mis intenciones contigo.

–Es curioso, te comportas de la forma más tradicional posible, incluso le quieres pedir mi mano a mi padre, cuando a mí nunca me pareciste un hombre al que le atrajera el matrimonio –dijo Gabby–. Lo único que leíamos de ti en los periódicos eran tus constantes cambios de pareja.

–La variedad es la salsa de la vida –dijo él sonriendo–. Sin embargo, hasta la persona más disipada siente, de vez en cuando, la necesidad de sentar la cabeza.

–Este matrimonio... No te lo planteas como algo a largo plazo, ¿verdad?

–Durará mientras siga teniendo razón de ser –respondió él.

Gabby se dio cuenta de que no le había respondido a la pregunta.

–Te veré esta noche –dijo Vinn abriendo la puerta de su despacho invitándola a que se fuera–. Te llamaré si voy a llegar tarde.

Cuando Gabby pasó junto a él, intentando aparentar orgullo y altivez, sintió un penetrante perfume. No podía precisar cuál era, pero siempre le había pasado lo mismo con ella. Era una combinación de tantas cosas que era difícil saber a qué atenerse, aunque cualquiera de ellas por separado habría sido suficiente para volverle loco.

Cuando Gabby cerró la puerta detrás de ella y se quedó solo, dejó de contener la respiración.

–Maldita sea –dijo pasándose la mano por el pelo furioso–. Maldita sea.

–¿Señor Venadicci? –preguntó su secretaria a través del intercomunicador–. El señor Winchester está aquí. ¿Le digo que pase?

Vinn respiró profundamente recuperando la compostura.

–Por supuesto –respondió–. Le atenderé ahora mismo. Pero dígale que sólo puedo dedicarle cinco minutos.

Capítulo 2

GABBY intentó poner buena cara cuando entró en la habitación del hospital donde estaba ingresado su padre. Los tubos y monitores que tenía conectados a su cuerpo le revolvieron el estómago y le provocaron de nuevo una intensa angustia, la misma que podía ver en el rostro de su madre.

—¿Cómo estás, papá? —le preguntó susurrándole al oído.

—Sigo vivo, que no es poco —respondió él intentando sonreír, aunque Gabby pudo percibir el miedo y el desamparo en sus ojos castaños.

—¿Han dicho algo nuevo los médicos? —preguntó ella dirigiéndose a los dos.

—Han programado la cirugía para mañana —respondió Pamela St Clair, su madre—. Vinn ha hablado con el cirujano y ha conseguido adelantarlo. Le hizo ver que el caso de tu padre era una prioridad. ¿No le has visto? Os habéis debido de cruzar en el pasillo.

—¿Vinn ha estado aquí ahora? —preguntó ella.

—Sí, querida —respondió su madre—. Viene todos los días, ya lo sabes.

—Sí, lo decía porque... He estado hablando con él

esta misma mañana y me dijo que tenía toda la tarde
ocupada con reuniones y asuntos de trabajo.

–Espero que no tengas ningún problema con él
–dijo su madre en tono de reproche–. No está haciendo más que ayudarnos en todo. Lo menos que
puedes hacer es ser educada y correcta con él.

Gabby reprimió una sonrisa sarcástica al escuchar las paradójicas palabras de su madre. Pamela
St Clair siempre había sido una mujer chapada a la
antigua, una mujer que siempre había desaprobado
cualquier tipo de relación con los empleados. Apenas había cruzado media palabra con la madre de
Vinn, Rose, en los años que había trabajado para
ella. Con Vinn había sido todavía más arisca y dis-
tante. A raíz del incidente que Vinn había tenido
con la policía, Pamela había intentado expulsarles a
él y a su madre de su casa, y sólo la diplomacia y la
insistencia de su padre había podido evitarlo.

Tampoco ella había sido mucho más amable con
Rose, algo de lo que, con el tiempo, había llegado a
arrepentirse. Cuando recordaba el pasado, sentía
una punzada de culpabilidad por lo desconsiderada
que había sido con ella, dejando cosas tiradas por el
suelo sin el menor reparo, sin pararse a pensar en la
persona que tenía que ir detrás de ella para recoger-
las.

Pero lo más imperdonable había sido el comportamiento que había tenido con Vinn. Había sido absolutamente grosera con él durante toda su adolescencia, poniéndole en ridículo siempre que podía,
gastándole bromas delante de las chicas o hablándole de mala manera. Incluso había jugado con él

frecuentemente, flirteando a veces para, a continuación, rechazarle con altivez. No había excusa posible para la manera de proceder que había tenido,
como no fuera la terrible inseguridad que había sentido en su adolescencia y la influencia del lujoso
ambiente en el que siempre había vivido, un ambiente en el que nadie tenía la oportunidad de apren-
der a respetar a los demás.

Gabby recordó una ocasión en especial en que le
había dejado a Vinn una nota sugerente con instruc-
ciones para que se encontrara con ella al anochecer
en la casita del jardín. En lugar de acudir a la cita, se
había apostado en la ventana de su habitación con
sus amigas y se habían reído de él al verlo acudir
con un ramo de rosas blancas. Lo que más le había
avergonzado en aquel momento había sido la reacción que había tenido él. En lugar de enfadarse o de
insultarla, algo a lo que sin duda habría tenido derecho, no había dicho nada, ni a ella, ni a sus padres,
ni siquiera a su hermano, Blair, con quien pasaba
todo el tiempo que podía.

El padre de Gabby extendió débilmente el brazo
hacia ella y le rozó la mano.

–Vinn es un buen hombre –dijo–. Ya sé que todavía estás triste por la muerte de Tristan, pero creo
que deberías tomarte en serio su proposición. Piensa
que podría ser mucho peor. Sé que ha tenido una
vida poco convencional, pero no se puede negar que
se ha esforzado y ha conseguido muchas cosas por
sí mismo. Siempre supe que tenía la fuerza de voluntad suficiente para conseguir todo lo que se propusiera. Me alegro de que te haya elegido como es-

posa. Se ocupará de ti como es debido. Sé que lo hará.

Gabby no pudo ocultar su sorpresa. Vinn ya había hablado con su padre.

–¿Ha hablado contigo sobre nuestra relación? –preguntó atónita.

–Le he dado mi bendición –respondió su padre–. Aunque, en realidad, debo decir que no he sido el más sorprendido al conocer la noticia.

–¿Ah, no? –preguntó ella más confusa todavía.

–Habéis estado flirteando desde que erais unos críos –dijo señalando con la cabeza a la madre de Gabby–. Incluso hubo un tiempo en el que llegué a pensar que... Pero todo cambió con el accidente de Blair.

Gabby suspiró con frustración al escuchar las palabras de su padre. Todavía no habían sido capaces de aceptar que la muerte de Blair había sido un suicidio, que había sido provocada por una sobredosis de droga. Seguía calificándolo como un accidente.

–Me alegro mucho de que lo aprobéis –dijo Gabby fingiendo–. Hemos quedado esta noche para cenar y hablar sobre los detalles de la ceremonia y la celebración.

–Sí, ya nos dijo que no pensáis hacer nada muy ostentoso –comentó su madre–. Creo que es una excelente idea, dadas las circunstancias. Después de todo, es tu segundo matrimonio. Estaría fuera de lugar hacer lo mismo que la primera vez.

Gabby no podía estar más de acuerdo. La celebración de su boda con Tristan había consumido una escandalosa e improcedente suma de dinero.

—Bueno, tengo cosas que hacer —dijo Gabby dándole un beso cariñoso a sus padres—. ¿Necesitáis algo antes de que me vaya?

—No, querida —dijo su madre—. Vinn nos trajo algo de fruta y un par de novelas de ese autor que tanto le gusta a tu padre. Hay que reconocer que Vinn se ha convertido en un perfecto caballero. Tu padre tiene razón, piensa que podría ser mucho peor. No hay muchos hombres en el mundo dispuestos a casarse con una mujer que ya ha estado con otra persona.

«Si supieras la verdad de mi matrimonio con Tristan, no hablarías así», pensó Gabby contrariada.

—Os veré mañana —dijo en cambio sonriendo.

La mansión St Clair estaba situada en las afueras de la ciudad, frente al mar, en el lujoso barrio de Point Piper. Desde allí, las vistas de la ciudad y del puerto eran espectaculares.

Gabby había regresado a la casa de sus padres dos años atrás, a raíz de la muerte de Tristan en un accidente de coche. Aunque desde entonces había fantaseado de vez en cuando con la idea de encontrar un sitio para ella sola, no había hecho nada al respecto. La mansión era suficientemente grande como para vivir en ella con sus padres y tener la intimidad y la libertad que necesitaba. Por otra parte, las ingentes deudas que había dejado su marido no aconsejaban embarcarse tan rápido en la adquisición de una nueva casa.

Cuando, a las ocho y media de la tarde, sonó el

timbre de la puerta, Gabby todavía no estaba lista. Aún no se había arreglado el pelo ni se había vestido. Acababa de salir de la ducha, y sólo llevaba puesto un albornoz.

Sin apresurarse demasiado, se puso un elegante vestido negro que había guardado en un armario durante años y eligió unos zapatos de tacón alto. Se pintó los labios y se puso colorete en las mejillas. Se arregló el pelo de forma sencilla, dejando que cayera suavemente sobre sus hombros, y se miró una última vez en el espejo.

Vinn consultó de nuevo su reloj y dudó si debía utilizar la llave que Henry había insistido tantas veces en darle. Estaba buscándola en el bolsillo de su chaqueta cuando Gabriella apareció en la puerta.

Parecía recién salida de un desfile de modas. El vestido negro que se había puesto destacaba cada una de las curvas de su cuerpo, que desprendía un penetrante aroma. Siempre se había preguntado, con asombro, cómo era posible que una mujer tan delgada tuviera unos senos tan exuberantes. Atraían sus ojos como imanes, tenía que luchar consigo mismo para no fijarse en ellos más de la cuenta.

–Bien, ¿podemos acabar cuanto antes con esto, por favor? –le dijo ella despectivamente.

Vinn reprimió el deseo de reprenderla por sus palabras. Sabía que Gabriella no iba a desaprovechar la menor ocasión para insultarle, para demostrarle su rechazo, pero las cosas habían cambiado. Ahora era él quien llevaba la voz cantante, el que podía imponer los límites. Iba a ser un placer ponerla en su sitio, devolverle poco a poco el modo humillante en que se había comportado con él el día de su boda con Tristan, el día en que había lanzado a su prometido contra él dejándole una cicatriz en la ceja como recuerdo.

Vinn la guió hasta el coche, le abrió la puerta y la cerró cuando se hubo sentado. Esperó hasta estar en la carretera en dirección al centro de la ciudad para hablar.

–Tus padres parecieron llevarse una alegría esta mañana cuando les comuniqué la noticia de nuestro enlace –empezó–. Especialmente, tu madre. Esperaba que pusiera el grito en el cielo ante la perspectiva de tener a su hija casada con una persona de una clase social inferior, pero, contra todo pronóstico, casi se lanzó en mis brazos, como si me estuviera dando las gracias por cargar contigo.

–¿Es necesario que seas tan grosero? –preguntó Gabby sin mirarle–. Por cierto... No hables de nuestro enlace. La idea ha sido tuya, no mía.

–Creo que es una tontería seguir dándole vueltas a este tema ahora que hemos llegado a un acuerdo y el dinero está en la cuenta que corresponde. Siempre he tenido tiempo para tu padre. Tu madre, sin embargo, me pareció desde el principio la típica mujer que mide a las personas por el dinero que llevan en la cartera.

–Bueno, en este caso, creo que es lo único que puedes aportar –dijo Gabby sarcástica.

–Mi dinero os acaba de salvar a ti y a tu familia, querida, de modo que haz el favor de tenerme más respeto, ¿entendido? Si persistes en esta desagradable actitud, me obligarás a retiraros mi apoyo. ¿Qué harías entonces? Piensa en ello.

Gabby miró por la ventanilla los altos rascacielos plateados cortando el cielo. Vinn tenía razón. Iba a tener que morderse la lengua, de lo contrario, podía echarse atrás. Era capaz de hacerlo, y no iba a dejar de recordárselo. Aunque atarse a un hombre de aquella manera y someter su voluntad iba contra todos sus principios, no tenía otra alternativa.

No recordaba haber odiado tanto a una persona en su vida. Pensar en él le hacía hervir la sangre. Era arrogante y presuntuoso. Contra todo pronóstico, había conseguido llegar a tener un extraordinario poder a pesar de sus humildes orígenes. Ahora que estaba en la cima, iba a usar toda su influencia y toda su capacidad para sojuzgarla, pero ella no estaba dispuesta a rendirse sin luchar. Sería su esposa, pero sólo en apariencia.

No iba a decírselo por el momento, pero ése era su as en la manga. Se daría cuenta cuando hubiera terminado la ceremonia. Vinn iba a encontrarse con una mujer que no estaba dispuesta a dormir con él. Sería una esposa de cara a los demás, actuaría correctamente en cualquier circunstancia, ofrecería una imagen perfecta ante la gente, pero, en privado, sería la misma mujer de siempre, la misma mujer que le había rechazado la noche antes de su boda con Tristan.

El restaurante en el que había reservado mesa Vinn estaba en el puerto. Las vistas eran maravillosas. El aire estaba lleno de humedad, y los barcos entraban y salían con parsimonia.

Vinn guió a Gabby a través del salón, acompa-
ñando el movimiento poniendo su mano en la espalda de ella. El camarero le saludó con deferencia
y les llevó hasta la mesa.

–¿Has estado alguna vez aquí? –preguntó él
cuando estuvieron sentados.

–No he salido mucho últimamente –contestó ella.

–¿No has tenido ninguna cita desde la muerte de
tu marido? –preguntó él desinteresadamente.

–Sólo hace dos años que murió –respondió ella
mirando la carta para evitar sus ojos–. No tengo
prisa.

–¿Le echas de menos?

Gabby dejó la carta sobre la mesa y le miró irritada.

–¿Qué clase de pregunta es ésa? Estuvimos casados cinco años.

«Cinco miserables años», pensó, aunque nunca le
había dicho la verdad a nadie, ni siquiera a sus padres. ¿A quién habría podido confesárselo? Nunca se
le habían dado bien las relaciones con la gente. Sus
pocas amigas habían rechazado a Tristan casi desde
el principio, y poco a poco habían ido desapare-
ciendo de su vida. Gabby siempre había sabido que
había sido su irresistible tendencia a ocultar los defectos de su marido lo que había provocado ese ale-
jamiento. Su matrimonio se había ido deteriorando
poco a poco al ser ella incapaz de afrontar la realidad, de asumir que había cometido un error al casarse con él. Se había convertido con los años en una
mentirosa compulsiva. Por muchas excusas que se le
ocurrieran, sabía que toda la culpa había sido suya.

—No tuvisteis hijos —continuó Vinn—. ¿Fue decisión tuya o de él?

—Nunca discutimos sobre ello —respondió ella intentando quitarle importancia.

Cuando el camarero fue hasta ellos para ofrecerles algo de beber, Gabby eligió una copa. Necesitaba un poco de alcohol para sobrevivir a aquella noche. Vinn, en cambio, se sirvió un vaso de agua mineral.

—No deberías beber tan pronto —observó él—. Teniendo el estómago vacío puede ser perjudicial. Además, el alcohol tiene la facultad de desinhibir a las personas. Puedes encontrarte a ti misma diciendo y haciendo cosas que luego puedes llegar a lamentar.

—¿Te refieres a que puedo llegar a pasármelo bien contigo en lugar de mirar el reloj cada segundo? —ironizó ella.

—Disfrutarás de mi compañía antes incluso de que la tinta de nuestras firmas al pie del contrato matrimonial se haya secado —replicó él mirándola fijamente.

Gabby bebió de su copa para intentar sofocar la imagen de Vinn recorriendo su cuerpo. Había conseguido mantener alejado de ella a Tristan durante años, excepto por aquella terrible noche en que él...

Le dio otro sorbo a su copa para no pensar en la extrema degradación a la que había llegado su matrimonio.

—Te has puesto pálida —observó él—. ¿Tanta repugnancia te provoca la idea de compartir la cama conmigo?

Gabby dio gracias por tener una copa a mano con la que disimular su nerviosismo, a pesar de que el alcohol que ya había tomado se le estaba empezando a subir a la cabeza.

–Aquel beso que nos dimos hace siete años no me hizo pensar que te resultara tan desagradable –continuó Vinn–. Parecías estar deseándolo. Es curioso, ya que, al día siguiente, te casaste con otro hombre.

–Me obligaste –protestó ella llamando la atención de los comensales próximos a ellos.

–Yo no diría tanto –replicó él–. En cualquier caso, tú respondiste efusivamente. Todavía lo recuerdo. Después de tanto tiempo, pensar en ello me sigue excitando.

Gabby no se había sentido tan avergonzada en toda su vida. Debía de tener la cara más roja que un tomate. El que Vinn estuviera excitado en aquel momento pensando en lo que había pasado entre ellos años atrás provocaba algo extraño en ella.

–Tus recuerdos han ido distorsionándose con el tiempo –apuntó Gabby.

–No me preocupa –replicó él–. Ahora que vamos a vivir juntos, tendremos ocasiones de sobra para repetirlo.

Gabby luchaba por mantener la calma, pero era casi imposible acallar a su corazón.

–¿Cuándo has pensado que dé comienzo esta pantomima? –le preguntó.

–Nuestro matrimonio no será una pantomima –respondió él con determinación–. Será auténtico en todos los sentidos.

–¿Sueles hacerlo muy a menudo? ¿Dormir con mujeres a las que detestas?

–Eres una mujer muy hermosa, Gabriella –respondió–. El hecho de que me caigas bien o no es irrelevante.

Gabby tenía ganas de borrarle de la cara aquella sonrisa irónica y arrogante. Pero algo le detenía. A pesar de lo que pensaba de él, a pesar de la repugnancia que sentía, su cuerpo estaba reaccionando a las seductoras y provocadoras palabras de Vinn. Le temblaba el pulso, tenía los senos duros y los pezones erectos destacando en su vestido negro.

–He dicho que me casaré contigo y cumpliré mi palabra, pero no tengo por qué ir más lejos –dijo–. Es algo primitivo, algo fuera de lugar, esperar que tengamos relaciones en esta situación.

–Creo que te estás olvidando de algo –apuntó él–. Dos millones cuatrocientos mil dólares es mucho dinero. Es una inversión de riesgo, y espero poder amortizarla.

–¡Esto es intolerable! –exclamó–. ¿Pretendes hacer de mí una prostituta?

–Viniste a mí pidiéndome ayuda, y yo te la di –respondió él muy tranquilo–. Yo te la di enseguida y te puse las condiciones encima de la mesa. No creo que haya motivos para escandalizarse ahora.

–¿Y qué pasa con la mujer con la que salías hace uno o dos meses? –preguntó ella recordando las fotos que había visto en una revista del corazón.

–Vaya... ¿Has estado leyendo sobre mi vida privada?

–No tengo el más mínimo interés en saber con

quién estás o dejas de estar. Pero, si vamos a representar esta farsa durante un corto periodo de tiempo, lo menos que podrías hacer es no airear tus patéticas relaciones a los cuatro vientos.

–No creo haber dicho nunca que nuestro matrimonio vaya a ser un contrato a corto plazo –observó Vinn–. Todo lo contrario.

–¿Cómo dices? –preguntó ella fuera de sí.

–Siempre he pensado que el matrimonio debe ser para toda la vida –respondió–. Quizá sea algo que haya aprendido de pequeño. Mi madre fue abandonada por el hombre al que amaba con un niño pequeño. Nunca tuvo la seguridad que se merecía, ni un hombre que cuidara de ella. Sufrió toda su vida, tuvo que limpiar las casas de los demás para poder traer dinero a casa. Siempre me prometí a mí mismo que, si algún día me casaba, sería para siempre, que nunca me echaría atrás.

–¿Cómo puedes decir algo así cuando ni siquiera puedes soportarme? ¿Cómo puedes siquiera plantearte pasar conmigo el resto de tu vida?

–¿Acaso no tienes espejos en tu casa, querida? No necesito soportarte para desearte. ¿No es eso lo que queréis todas las mujeres? ¿Un hombre cuya pasión sea enteramente vuestra y sólo vuestra?

–Si ésta es tu idea de bromear, déjame decirte que no es nada gracioso –dijo Gabby.

–No estoy bromeando, Gabriella. El amor es un sentimiento sobrevalorado, al menos en mi opinión. La gente se enamora y se desenamora constantemente. Prácticamente todos los matrimonios satisfactorios que conozco están basados en las relaciones físicas, en una buena compenetración en la cama. Créeme, no hace falta que estés enamorada para tener un buen orgasmo.

Gabby estaba tan incómoda que agradeció la llegada del camarero para anotar el pedido.

Oír hablar a Vinn de aquella manera provocaba una intensa excitación en ella. Nunca había experimentado el placer con Tristan. La única vez que su difunto marido lo había intentado, había sido un desastre. Ella se había quedado fría, avergonzada y humillada.

Cuando el camarero se fue, Gabby se tomó de un trago el contenido de su copa. Le daba igual que se le subiera a la cabeza. Nada podía ser peor que lo que le estaba pasando. Contra su voluntad, su cuerpo estaba ardiendo, imaginando cómo sería ser poseída por aquellos brazos poderosos, por aquella boca sensual, por...

¿En qué demonios estaba pensando? Vinn era su enemigo. Le estaba haciendo aquello como venganza, para resarcirse por cómo le había tratado ella en el pasado. Debía de saber que estar atada a él iba a ser una tortura para ella. ¿Por qué, si no, estaba insistiendo tanto? Hasta aquel momento, nunca había lamentado lo suficiente su inmadurez. ¿Por qué había sido tan cruel?

Blair había intentado llamarle la atención en incontables ocasiones por su actitud, pero ella no le había hecho caso porque, en cierto modo, había tenido celos del tiempo que su hermano había pasado con Vinn. Había sentido un profundo resentimiento y una sensación de abandono al ver cómo Blair se divertía con él dejándola a ella de lado.

Al descubrir que Vinn sufría de dislexia, había sido terriblemente implacable con él, riéndose delante de todo el mundo en su presencia por no ser capaz de leer correctamente. Sin embargo, del mismo modo que había hecho la tarde en que le había observado desde la ventana de su habitación con sus amigas, Vinn nunca había dicho nada, nunca había protestado, nunca se había quejado, a pesar de su evidente enojo.

Mirándole después de tanto años, Gabby podía ver en el rostro de Vinn la furia contenida que había ido acumulando a lo largo de los años. Sus ojos grises eran un enigma para ella, a veces transmitían frialdad, otras calidez, pero siempre la fiera determinación de la venganza.

Por lo que había leído, su forma de conducirse con las mujeres siempre había sido la misma. Había asumido una estrategia autoritaria y calculadora, imaginando las posibles situaciones como un consumado jugador de ajedrez dispuesto a someter al contrario.

Gabby se estremeció al pensar en la idea de estar casada con él mucho tiempo, ya que eso implicaba muchas cosas, como tener hijos. Tenía veintiocho años, y no podía negar que en alguna ocasión había sentido la llamada de su reloj biológico. No había querido tenerlos con Tristan para no amargarle la vida a un recién nacido. Ni siquiera había querido comprar una mascota, todo por la misma razón.

—Te has quedado muy callada, Gabriella —dijo él—. ¿Te cuesta hacerte a la idea de tener un orgasmo conmigo?

—No, a decir verdad, creo que es ciencia ficción.

No puedo hablar por la legión de mujeres que han estado contigo pero, en lo que a mí respecta, sería incapaz de entregarme a un acto tan íntimo sin un mínimo de emoción.

–¿Emoción? ¿Qué te parece el odio? ¿Es suficiente emoción para ti?

Gabby le hizo una seña al camarero para que le llenara la copa.

–¿Crees que es buena idea? –le preguntó Vinn–. Ya has bebido suficiente alcohol por hoy.

–Cuando no se siente la menor emoción, el alcohol es un buen sustituto –replicó ella.

–Si crees que voy a acostarme contigo estando bebida, te equivocas completamente. Quiero que estés sobria y despierta para que recuerdes cada detalle.

–No voy a acostarme contigo –protestó ella con firmeza dando un puñetazo en la mesa–. Para tener ese privilegio, tendrías que pagar el doble –añadió con altivez.

Vinn sonrió victorioso. Se llevó la mano al bolsillo de su chaqueta y sacó una chequera. La puso sobre la mesa.

–¿Has dicho el doble? –preguntó con ironía.

Gabby sintió que el estómago empezaba a darle vueltas.

–Yo... Yo... No estoy segura... Yo... Dios mío...

Vinn tomó una pluma, escribió la suma que le había exigido Gabby y le mostró el cheque.

–Trato hecho –dijo él con satisfacción.

Capítulo 3

GABBY miró la cifra escrita en el cheque y sintió un torrente de emociones contradictorias en su interior. Pero la que predominaba sobre las demás era la vergüenza. Vinn estaba intentando deliberadamente convertirla en una prostituta de lujo, en una mujer capaz de hacer cualquier cosa por dinero. Pero ella no estaba dispuesta a venderse. Había sacrificado durante demasiado tiempo sus sentimientos y sus necesidades como para volver a cometer otra vez el mismo error. Con Vinn las cosas iban a ser diferentes. Si creía que iba a conseguir llevarla a la cama de aquella manera, iba a llevarse una sorpresa.

Con una frialdad inusitada, tomó el cheque y lo dobló una y otra vez hasta que no fue más que un trocito de papel minúsculo. A continuación, tomó la copa de vino tinto que el camarero acababa de servirle y, cuando se hubo asegurado de que contaba con la atención de Vinn, soltó el cheque, que quedó flotando sobre el rojizo líquido, como si fuera un barco en miniatura, hasta que quedó empapado y se hundió en el fondo.

—Iba a decirte que podías tomar el cheque y fumártelo, pero luego pensé que no fumas, así que... ¡Salud!

Con una firme determinación, alzó la copa y bebió un sorbo.

–Puedes hacer lo que quieras con mi oferta –dijo
él–, pero te garantizo que no pasará mucho tiempo
antes de que tengas que tragarte tus palabras, querida.

–Me casaré contigo para salvar el negocio de mi
familia –replicó ella–, pero no seré tu esclava sexual. Si necesitas satisfacer tus deseos, estoy segura
de que no te faltarán candidatas. Sólo espero que
seas discreto.

–¿Ése es el acuerdo que tenías con tu marido?
–preguntó él.

–No es asunto tuyo –respondió ella ofendida–.
Eres la última persona con la que hablaría de mi
vida personal.

–¿Te satisfacía, Gabriella? ¿Te hacía gritar? ¿Te
daba el sexo que necesitan las mujeres como tú?

Gabby sujetó su copa con fuerza y luchó contra sí
misma. No era posible odiar más a una persona
pero, si lo pensaba con detenimiento, aquella sensación tenía que ver con la forma en que él la miraba.
Aquellos ojos perspicaces podían ver cosas que ella
no quería que viera nadie. Siempre había tenido esa
capacidad.

–¿Qué me dices de tu vida sentimental, Vinn?
–consiguió responder–. ¿Sigues saliendo con esa
modelo del mes pasado o ya le ha llegado su fecha
de caducidad?

Vinn tomó su tenedor y lo introdujo en la copa de
Gabby para tomar el cheque doblado y empapado de
vino.

–¿Has estado tomando clases para comportarte

como una cualquiera o eres así de nacimiento? –le dijo.

Gabby sabía que no debía hacerlo, que debía contenerse, pero, antes de que pudiera darse cuenta, había tomado su copa llena de vino y le había arrojado el contenido a Vinn.

Pero él no se inmutó. Esperó a que el líquido recorriera su camisa sin dejar de mirarlo.

–¿Esto es todo lo que sabes hacer? –le preguntó finalmente–. ¿Tirarme la copa encima como si fueras una niña de tres años?

–Si estás esperando una disculpa, puedes ir olvidándote –dijo orgullosa.

–No –repuso él sonriendo y tomando la servilleta para secarse–. No estaba esperando nada semejante. Lo harás después, cuando no estemos delante de tanta gente. Créeme, Gabriella, entonces será mucho más divertido.

Gabby se echó a temblar. Había tenido muchas discusiones en el pasado con Tristan, pero ninguna de ellas había sido así. La frialdad y el autocontrol con que la miraba Vinn eran terroríficos. Siempre había sido así, incluso siendo un adolescente. Tal vez aquél era el secreto de su éxito, su capacidad para jugar con la gente como si fueran piezas de ajedrez.

–¿Todo va bien, señor Venadicci? –le preguntó el maître acercándose a la mesa.

–Todo está correcto, gracias, Paolo –respondió él sonriendo–. Mi prometida ha tenido un pequeño accidente.

–Oh, cuánto lo siento –dijo el maître–. Le serviré otra copa a la señorita por cuenta de la casa. Y, por favor, envíeme la factura de la tintorería para que nos hagamos cargo de su camisa.

–Muchas gracias, Paolo, pero ya nos íbamos.

–¿Irse? –preguntó el maître–. Si todavía no les hemos servido la cena...

–Lo siento, Paolo –contestó Vinn–. ¿Puede guardarnos la comida para que nos la llevemos? Mi prometida ha tenido un día muy duro y necesita descansar.

–Por supuesto, señor Venadicci –dijo el maître haciéndole una seña a uno de sus subordinados–. Enhorabuena por su enlace –añadió mirando a Gabby–. Es una espléndida noticia. Es usted una mujer muy afortunada, señorita, si me permite decírselo. El señor Venadicci es un buen partido.

–Sí, desde luego que es un buen partido –repitió ella–. Igual que un tiburón.

Vinn la sujetó del brazo y prácticamente la arrastró por el restaurante hasta el exterior, deteniéndose para tomar la comida que les habían preparado.

–Suéltame ahora mismo –protestó ella cuando estuvieron fuera.

Sin hacerle el más mínimo caso, Vinn la llevó hasta su coche.

–Necesita una lección de buenos modales, señorita –le dijo él cuando llegaron–. Te has portado como una niña malcriada. No sólo te has puesto en evidencia a ti, sino que has avergonzado a todos los que estaban ahí dentro.

–Tú empezaste todo esto –dijo ella.

–Sólo te hice una pregunta sobre tu matrimonio –dijo abriendo la puerta del coche–. Un sí o un no habría bastado.

–No tengo por qué contestar a tus estúpidas preguntas, ni sobre mi matrimonio ni sobre ninguna otra cosa –replicó ella.

–Te diré una cosa, Gabriella –dijo él poniéndole el cinturón de seguridad–. Cuando estemos casados, nunca más volverás a tener ninguna otra relación. Al menos con un hombre.

Gabby se recostó en el asiento conteniendo unas desesperadas ganas de llorar. Durante muchos años, había sido capaz de contener sus emociones y ocultárselas a Tristan. El que de repente tuviera los sentimientos tan a flor de piel era algo terrorífico para ella.

No podía permitir que Vinn se diera cuenta de lo que le pasaba por dentro. Sin duda, lo podría utilizar en su propio beneficio, y ya tenía demasiado poder sobre ella, más de lo que Tristan había tenido nunca. ¿Cómo podía dejarse llevar teniendo delante a una persona como él? Después de cómo se había comportado con él en el pasado no podía bajar la guardia, porque a Vinn le sobraban los motivos para actuar de aquella manera.

Vinn condujo su poderoso coche a lo largo del puerto en dirección a la zona norte de la ciudad, hacia el barrio de Mosman. Mientras avanzaban, el miedo iba creciendo en el interior de Gabby. En el restaurante, la gente le había permitido tener cierta seguridad, pero ahora se había quedado sola con él, y no sabía qué podía suceder.

Entraron en una ancha avenida flanqueada por una larga hilera de árboles que cobijaba las viviendas de algunas de las mejores familias de la ciudad.

Al haber establecido su residencia en aquel lugar, Vinn no sólo demostraba que había triunfado en la vida, sino que no tenía ninguna vergüenza en admitirlo y mostrarlo a la vista de todos.

Al activar el mando a distancia, se abrió una puerta que, a través de un corto camino empedrado, daba acceso a una bella mansión de tres pisos color caramelo rodeada por un cuidado jardín. Gabby pudo advertir la verja que rodeaba una cancha de tenis y el sonido del agua derramándose en alguna fuente cercana.

Vinn detuvo el coche, abrió su puerta y la guió hacia la puerta principal. Había un intenso olor a madreselva. Cuando entraron en la casa, Gabby encontró un elegante recibidor tan lujoso como el exterior. Las paredes estaban llenas de cuadros que denotaban un gusto muy particular.

Uno de ellos llamó su atención. Representaba a un niño pequeño en la orilla del mar con una caracola en las manos. La sostenía con cuidado y la miraba como si el secreto del universo estuviera escondido en su interior. Gabby se acercó e intentó distinguir la firma del artista, pero no la reconoció.

–¿Sabes de quién es? –preguntó Vinn detrás de ella.

–No –respondió ella dándose la vuelta y mirándole impasible–. ¿Debería?

–Supongo que no –replicó él observando el cuadro con atención–. El artista siempre se sintió muy inseguro sobre sí mismo. Éste es el único cuadro que conseguí salvar, le convencí para que no lo destruyera. Creo que es uno de los últimos que hizo antes de morir.

–Oh... –dijo Gabby mirando de nuevo el cuadro–. ¿Era muy mayor?

–No –respondió Vinn–. No fue el primer artista que sucumbió a las profundas inseguridades de su talento, y tampoco será el último. Según dicen, la creatividad puede ser un don o una cruz, incluso ambas cosas al mismo tiempo.

–Sí... Supongo que sí... –comentó Gabby vagamente mientras analizaba aquella obra que, por alguna extraña razón, tanto le cautivaba.

Quizá era porque al observar a aquella pequeña criatura se imaginaba a sí misma teniendo un bebé. Al contrario que el resto de su familia y de su entorno, nunca había tenido la ambición de forjarse una carrera. Lo único que había soñado durante aquellos últimos años había sido tener un hijo, poder mirarle por las noches, verlo crecer, convertirse en un adolescente, en adulto, igual que sus padres habían hecho con ella y su hermano.

–Tengo que hablarte de algunas cosas –dijo Vinn interrumpiendo sus pensamientos, señalándole el camino a un salón enorme.

Había dos sofás de cuero negro alrededor de una chimenea. A un lado había una otomana junto a una mesita y, disimulado tras un panel en la pared opuesta, un equipo de música.

–Es un salón muy bonito –dijo Gabby sentándose en uno de los sofás–. Toda la casa es preciosa. ¿Llevas mucho tiempo viviendo aquí?

Vinn se sentó en el brazo del otro sofá.

–Vaya, ¿qué te parece? Un cumplido de la elegante e inalcanzable Gabriella St Clair.

–Glendenning –le corrigió ella, aunque el apellido de su difunto marido nunca hubiera significado mucho para ella–. Gabriella Glendenning.

–No será por mucho tiempo –replicó él–. Muy pronto seremos marido y mujer y viviremos en esta casa.

–¿Por qué tanta prisa? –preguntó ella–. ¿Qué pensará la gente?

–Por el amor de Dios, Gabriella... –dijo él impaciente–. Hace ya dos años que murió tu marido.

–Sí, pero... El que de repente se me vea contigo, el que de pronto estemos juntos me parece... Parece algo indecente. En el mejor de los casos, la gente pensará que ha sido un matrimonio poco meditado.

Vinn se levantó y avanzó hacia ella. Gabby intentó reaccionar para alejarse pero, como si lo hubiera intuido, él puso los brazos a ambos lados de ella cortándole cualquier posible escapatoria.

La miró fijamente, y ella se puso nerviosa. No estaba acostumbrada a tenerlo tan cerca. Podía oler su aftershave, podía ver sus ojos grises, la fina línea de sus labios, aquellos labios que la habían besado siete años atrás.

–Creo que podríamos hacer algo al respecto ahora mismo –murmuró él.

Gabby se puso todavía más nerviosa al sentir que Vinn se inclinaba sobre ella. Era evidente que estaba excitado, pero ella no estaba preparada. Él era un hombre con mucha experiencia y ella... No era que no la tuviera, pero estaba muy lejos de la suya. Su cuerpo hacía ya mucho tiempo que se había olvidado de recibir y de dar placer.

Siempre había sido consciente de la atracción existente entre ambos. Cuando estaban juntos, era como si saltaran chispas, como si el aire se llenara de electricidad estática. No sabía si el resto de la gente se daba cuenta, pero, en cierta ocasión, incluso Tristan le había comentado algo con su tono sarcástico y despreciativo.

Gabby también sabía que, en lo relativo a Vinn, sólo se trataba de una atracción física. Los hombres eran así, sobre todo los hombres como él, hombres que estaban acostumbrados a relacionarse con las mujeres únicamente para obtener placer. La atracción que sentía hacia ella se basaba en los años en los que había sido inalcanzable para él. Había sido la hija del dueño rico de la casa, mientras que él había sido el hijo ilegítimo de una mujer trabajadora y humilde. Siempre había estado dispuesto a realizar verdaderas locuras con tal de tenerla, algo que no había cambiado con el tiempo.

Vinn la miraba con determinación, y Gabby se fijó de nuevo en la cicatriz que le partía en dos la ceja izquierda. Al parecer, se la había hecho la noche antes de su boda con Tristan. Sólo tras su vuelta de la luna de miel se había enterado, por boca de su madre, de que Vinn había pasado una noche en el hospital. Gabby había deducido que, con la discusión que habían tenido en la casa, Vinn habría salido, se habría emborrachado y se habría metido en alguna pelea callejera, igual que había hecho tantas veces en su juventud.

—¿Qué me dices, Gabriella? —le preguntó él—. Podría engendrar un niño aquí mismo, ahora. Así, la gente podría decir tranquilamente que ha sido un matrimonio de penalti.

Gabby tenía el estómago encogido. Le temblaban las piernas, el corazón le latía a toda velocidad y su mente estaba empezando a llenarse de fantasías peligrosas, de los brazos de él tomándola con fuerza, de sus piernas alrededor de él, de sus cuerpos entrelazados moviéndose al ritmo del deseo y engendrando una nueva vida.

—Yo... —consiguió decir a duras penas, llena de inseguridad—. No quiero tener un hijo. Y menos contigo.

—No voy a consentir que éste sea un matrimonio sin descendencia —aseguró él—. He pagado un precio muy alto por ti, y espero amortizarlo.

—Entonces has comprado la novia equivocada —protestó ella apartándole de un empujón—. ¿No te basta con haber amañado esta farsa de matrimonio? El que también quieras un hijo resulta completamente fuera de lugar.

—Dos millones cuatrocientos mil dólares no es una ganga, Gabriella, y el divorcio podría ser todavía más caro, aunque ya estoy trabajando en ello con mis abogados. Mañana firmarás un contrato prematrimonial en el que quedará claro que, en caso de que nuestra relación se rompa por cualquier razón, el único dinero que recibirás será el necesario para que te puedas hacer la manicura e ir de vez en cuando a la peluquería.

Gabby estaba a punto de estallar. Tenía ganas de pegarle, de estamparle contra la pared, de desatar toda su furia, de romperle la cara, de liberarse de todo el odio que sentía.

La imagen que Vinn tenía de ella era la de una mujer sin nada mejor que hacer que pintarse las uñas y teñirse el pelo. Y no era cierto. Era mucho más que eso. La muerte de su hermano, Blair, y los cinco años que había estado casada con Tristan le habían enseñado a ver las cosas de una forma distinta, a darse cuenta del enorme vacío en el que había vivido toda su vida.

Muchas cosas habían cambiado. Se había hecho cargo del negocio de su padre, algo que había sido duro pero que había tenido que hacer. No estaba dispuesta a que el esfuerzo de toda su vida se hundiera. Su hermano tampoco lo hubiera permitido.

Pensar en Blair le entristecía, le hacía sentirse culpable y le llenaba el cuerpo de angustia. De haber sabido su adicción a las drogas podría haber hecho algo por él. Sin embargo, su hermano había preferido entregarse en brazos de la muerte a enfrentarse a la decepción de su familia. Ella se había sentido culpable desde entonces por no haber sido capaz de acercarse a él.

Ahora estaba atrapada, estaba a merced de Vinn. No había forma de que pudiera reunir el dinero que había puesto Vinn para salvar el negocio de su padre. Y él lo había sabido desde el principio. Había jugado sus cartas con la habilidad de un consumado maestro.

No había escapatoria. Iba a ser la mujer de Vinn Venadicci. Pero no había previsto una cosa: no iba a ser el tipo de esposa que él había querido. Había pagado mucho dinero, pero iba a llevarse una desilusión.

Capítulo 4

VINN permanecía junto al sofá observando a Gabriella en silencio. Estaba más que acostumbrado a ver la ira, la furia y el orgullo marcados en su rostro. Incluso había visto en más de una ocasión sus ojos llenos de lágrimas. Pero no era capaz de decidir si aquel llanto era auténtico o no.

Era una mujer perversa. Había sufrido por su culpa demasiadas veces como para bajar la guardia. No iba a darle el menor respiro hasta que el contrato matrimonial estuviera firmado y fuera legalmente su esposa, al menos de nombre.

Podía esperar.

Había esperado durante siete años, de modo que hacerlo un poco más no podía suponer un gran esfuerzo. Al contrario, podía aumentar el placer, el deseo de poseerla.

En cuanto la había visto por primera vez, hacía ya muchos años, su belleza le había cautivado. Había visto cómo pasaba de ser una adolescente rellenita a una mujer en la flor de la vida. A los dieciséis años ya se había convertido en una joven exquisita, con unos ojos grandes y un suave cabello rubio que destacaba sobre sus largas pestañas oscuras. Sus labios rojos eran sensuales y sugerentes. A los diecisiete, su sonrisa insinuante y su forma de mirar le habían torturado día y noche, le habían llenado de frustración y le habían llevado a dar vueltas en la cama lleno de fantasías. Pero, aunque siempre la había deseado, aunque nunca había llegado a aceptarlo, siempre había sabido que estaba fuera de sus posibilidades.

Blair se lo había dicho en más de una ocasión con su forma diplomática y delicada de hablar, y sus padres, especialmente su madre, se lo habían soltado directamente sin preámbulos. Le habían dicho que el futuro de su hija estaba con Tristan Glendenning, un prometedor abogado.

Lo que en aquel momento más le había desquiciado había sido la certeza de que Gabriella no estaba enamorada de él. Después de cómo había respondido ella al beso que le había dado la noche anterior a su boda, no le había quedado la menor duda al respecto.

Se había unido ferviente a él en un beso apasionado, había entreabierto los labios, había introducido la lengua en su boca, había jugado en su interior y había provocado un estallido de deseo que les había dejado a los dos sin respiración. Sus manos se habían posado en sus senos, los habían acariciado, y ella no había hecho nada por detenerle. Antes al contrario, había suspirado y le había besado con más intensidad.

Las manos de ella habían descendido por el pecho de él hasta tocar su miembro, excitándole, llevándole hasta el límite. De no haber escuchado la voz de Tristan en la planta inferior llamándoles, la habría tomado, la habría apoyado contra la pared y lo habría hecho con ella allí mismo.

—¿Estáis ahí arriba? —había preguntado Tristan—. Lo siento, cariño, pero tengo que irme enseguida. Sólo he venido a por unas cosas.

Vinn había agarrado a Gabriella, la había alejado de él y se había arreglado un poco el pelo que ella había revuelto con su apasionada respuesta. A pesar de su respiración jadeante y de la excitación, había conseguido recomponerse con un gran esfuerzo.

A Gabriella, con la facilidad de una consumada actriz, le había bastado con darse la vuelta, arreglarse un poco la ropa y dedicarle a Tristan una luminosa sonrisa, una sonrisa en la que no había dejado entrever el menor rastro de lo que había sucedido segundos antes.

—¿Te vas tan pronto? —le había preguntado abriendo sus hermosos ojos castaños sin el menor temblor en su voz—. No puede ser. Acabas de llegar, te has perdido todos los preparativos.

Tristan había subido las escaleras y le había dado un beso en los labios.

—Lo sé, cariño, pero te prometo que te compensaré en la luna de miel. Además, ya casi es medianoche. ¿No dicen que trae mala suerte ver a la novia el mismo día de la boda?

Vinn se había dirigido entonces hacia las escaleras con el cuerpo en tensión y los puños apretados.

—¿Tú también te vas, Vinn? —le había preguntado el futuro marido de Gabriella—. Seguro que tienes que ayudar a tu madre a limpiar la plata, ¿verdad?

—Te sorprenderías al descubrir lo reluciente que

está —había replicado él reprimiendo su furia, mirando a Gabriella por última vez antes de salir de la casa.

—Estás hablando en serio, ¿verdad? —preguntó Gabby después de un largo silencio—. ¿Por qué, Vinn? Eres un hombre rico y poderoso, puedes hacer lo que quieras. ¿Por qué insistes en casarte conmigo?

Vinn se levantó del sofá y se acercó a ella lo suficiente para poder mirarla a los ojos.

—Todavía no lo has entendido, ¿verdad? No quiero a ninguna otra mujer. No desde aquella noche en que pude haberte apoyado contra la pared y haberte tomado. No insultes a mi inteligencia, lo deseabas tanto como yo.

—¡Eso es mentira! —protestó ella avergonzada—. Te aprovechaste de mí —añadió sabiendo que estaba mintiendo—. Lo intentabas siempre que venías a casa a ver a tu madre.

—¿Quieres convencerte de que fue así? Porque yo lo recuerdo de una forma bien distinta. Te gustaba flirtear conmigo, y aprovechabas la menor oportunidad que se te presentaba para hacerlo. Te gustaba ponerme la miel en los labios, sentías una especie de placer perverso mostrándome lo que nunca podría tener. ¿Recuerdas aquellas calurosas tardes de verano en la piscina? Siempre te ponías en posturas insinuantes cuando descubrías que estaba cerca. Te gustaba provocarme para luego irle a tu padre diciendo que había intentado propasarme contigo. A eso jugabas. Ni siquiera querías que pasara tiempo con tu hermano. Tenías celos de que prefiriera estar conmigo.

El rostro de Gabby se enrojeció al darse cuenta de lo evidente que había sido para Vinn su forma de actuar. Sí, había tenido celos de su amistad con Blair, pero no sólo eso. Desde que Vinn había llegado por primera vez a la mansión St Clair, había sentido algo extraño, una incomodidad intangible que nunca había sido capaz de precisar ni comprender. En aquel entonces ella no había contado con más de catorce años y, aunque Vinn era cuatro años mayor que ella, nunca había hecho nada para intimidarla. Siempre se había mantenido a distancia, aceptando sin rechistar todos los trabajos que su familia le había encomendado, por muy duros que hubieran sido.

Sólo con el paso de los años, Gabby se había dado cuenta de cómo se sentía cuando Vinn la miraba. Era algo que nunca había sentido con ninguna otra persona, ni siquiera con Tristan, el abogado que estaba destinado a ser su marido.

—Por Dios santo, Vinn... ¿Cuántos años tenía yo entonces? ¿Quince, dieciséis? —preguntó en un débil intento de quitarle importancia—. ¿Vas a echarme en cara aquello después de tanto tiempo?

—Mi madre tenía razón sobre ti —respondió él con una sonrisa—. Siempre dijo que te entregarías al mejor postor, que en cuanto apareciera el pretendiente perfecto te entregarías a él, y eso fue lo que hiciste. Tristan Glendenning quería una parte del negocio de tu padre, y tú fuiste la rubia que entró en el acuerdo.

–Eso es completamente insultante –protestó ella con llamas en los ojos–. La madre de Tristan era la mejor amiga de mi madre. Todo el mundo sabía que algún día nos casaríamos. Crecimos juntos, pasábamos los fines de semana y los veranos juntos... Era... Era lo que los dos queríamos.

–¿Consiguió lo que quería, Gabriella? –preguntó él sin borrar la sonrisa de sus labios–. ¿Fuiste una esposa leal y obediente como se esperaba de ti?

Gabby no podía soportar mirarle a la cara. Era como ver reflejados en ella cada uno de los errores que había cometido en su vida. ¿Cómo había podido estar tan ciega? ¿Cómo no había sido capaz de prever el fracaso en que se iba a convertir su matrimonio? No había excusas. Había conocido a Tristan de toda la vida y, a pesar de todo, había tenido que casarse con él para darse cuenta de quién era en realidad.

Al darse la vuelta, enojada y furiosa con Vinn y consigo misma, perdió el equilibrio y, al no encontrar un apoyo donde sostenerse, cayó al suelo.

–¿Gabriella? –dijo Vinn arrodillándose junto a ella.

Emitió un gemido ahogado y Vinn supo que no había perdido el conocimiento. Yacía en el suelo como una muñeca rota y desvencijada, una delicada muñeca de porcelana que se hubiera caído al suelo y se hubiera deshecho en mil pedazos. Al principio se preguntó si estaría actuando. Todo había ocurrido demasiado deprisa.

Después, se dio cuenta de que la había infravalorado. Estaba sometida a demasiado estrés. La enfermedad de su padre y la situación económica de su familia habían conseguido llevarla más allá de su capacidad de aguante.

–¿Estás bien? –le preguntó.

–¿Qué...? ¿Qué ha pasado? –dijo ella abriendo un poco los ojos.

–Parece que te has desmayado –le explicó Vinn sosteniéndola entre sus brazos.

–Me siento muy mal...

Vinn prefirió no correr ningún riesgo. La tomó en brazos y la llevó al baño más cercano, donde la apoyó sobre el retrete para que pudiera vomitar.

–Por favor, déjame sola, te lo pido... No me gusta tener espectadores en momentos como éste –dijo ella.

–No voy a irme hasta asegurarme de que no te vas a volver a desmayar –afirmó él–. Me has dado un susto de muerte.

Tenía la cara blanca y le daban arcadas. Vinn le tomó el pelo y lo sostuvo detrás del cuello. Gabby empezó a vomitar.

Al cabo de unos segundos, alzó la cabeza y respiró profundamente.

–Se acabaron las copas para usted, señorita –dijo Vinn apartándose de ella–. Es evidente que no te sientan bien.

–Puede que tengas razón –replicó Gabby sintiéndose débil de repente al no tenerle a él sujetándola–. ¿Te importa que me vaya a casa? Ha sido un día muy largo, ha sido un mes interminable, y...

–Gabriella... –dijo Vinn suavemente–. Tu padre va a salir de ésta. Todos los días cientos de personas sufren ataques al corazón, sobreviven a la cirugía y siguen haciendo sus vidas normalmente.

–Lo sé, pero... Ahora él depende de mí, y no quiero decepcionarle. No puedo permitir que se entere... que se entere de todo esto.

–El complejo está a salvo –dijo él poniendo las manos sobre los hombros de ella para darle ánimos–. Una vez que estemos casados, quiero que vayamos los dos juntos y supervisemos el lugar personalmente. La gente esperará que nos vayamos de luna de miel, de modo que tendremos la excusa perfecta.

–No quiero alejarme mucho de mis padres ahora mismo –dijo ella nerviosa.

–Gabriella, tienes que vivir tu propia vida. Es responsabilidad de tu madre cuidar de tu padre, no tuya. Tú ya has hecho bastante. Para ser sinceros, creo que has hecho demasiado.

–No quiero ir de luna de miel contigo, Vinn –dijo ella desafiándole–. ¿Hace falta que te lo deletree para que lo entiendas? No pienso acostarme contigo.

Vinn suspiró intentando tener paciencia.

–¿Sabes qué? Por mucho que me apetezca, no pienso obligarte a hacer las cosas a la fuerza y a humillarte. Comprendo que necesitas tiempo para adaptarte a la situación. Estoy dispuesto a darte el tiempo que necesites.

–¿Ah, sí? ¿Cuánto tiempo es eso? ¿Un día? ¿Una semana? ¿Un mes?

–Ya te lo he dicho antes, quiero que nuestro matrimonio sea algo real.

–¿Acaso tienes la menor idea de cómo es un matrimonio real? –preguntó ella intentando salir del baño–. Viviste tu juventud con tu madre, no tienes ni idea de cómo es.

–Tú estuviste casada cinco años –dijo él fríamente poniendo un brazo en la puerta para impedir que saliera–. ¿Por qué no me lo cuentas?

Gabby sintió como si le hubieran golpeado en su punto más débil, el lugar donde estaban almacenados el dolor, la culpabilidad y la decepción. Pero no lo demostró. No podía derrumbarse delante de él. El objetivo de Vinn era vengarse, verla humillada y arrepentida, verla suplicar durante el resto de su vida, y ella no iba a ponérselo fácil. No iba a rendirse sin luchar.

–Si te interesa saberlo, Vinn, el matrimonio es mucho más que unas cuantas promesas dichas en voz alta delante de un sacerdote –dijo con frialdad–. Implica trabajo y sacrificio. Es un compromiso que sólo puede funcionar si está apoyado en el amor. Tú buscas otra cosa. Tú lo que quieres es venganza

–¿Seguro que no esperas de mí que te ame, Gabriella?

Ella le miró y se dio cuenta de que en aquellos ojos grises nunca habría sitio para otra cosa que no fuera odio y resentimiento.

–No –murmuró en voz baja–. No espero nada de ti.

–Bien, en ese caso, creo que lo mejor sería que te dieras una ducha mientras busco algo para que puedas dormir esta noche –dijo abriendo el grifo de la bañera–. No voy a permitir que pases la noche sola en casa de tus padres en tu estado. Te quedarás aquí conmigo. Tienes toallas secas en el cajón.

–No necesito una ducha –protestó Gabby–. Y no voy a dormir en esta casa con...

–Aunque odie tener que llevarte la contraria –la interrumpió él dándole un botecito de gel–, el numerito que has montado ha sido ya más que suficiente. Y ahora, por favor, métete en la ducha antes de que cambie de opinión y entre contigo.

A regañadientes, Gabby tomó el botecito de sus manos.

–¿Te ha dicho alguien alguna vez que tienes la cabeza más dura que una piedra?

–Entra en la ducha, Gabriella –respondió impasible Vinn–. Estás gastando agua.

Sin quitarse la ropa, Gabriella entró en la bañera y, sin saber por qué, tomó la ducha y dirigió el chorro de agua hacia él.

Los cristales, el suelo de mármol... Todo se llenó de agua, pero había valido la pena. Vinn estaba empapado.

–Vaya, tenemos ganas de jugar –dijo Vinn entrando en la bañera, tomando la ducha y apuntando el chorro a la cabeza de Gabby.

–¡Para, idiota! –exclamó ella–. ¡Estoy vestida!

–Yo también lo estoy –dijo él colocando la ducha en su soporte y cerrando el grifo–. Estos pantalones estaban recién estrenados.

Gabby le miró sin saber si debía lanzar contra él toda su furia o lanzarse entre sus brazos y besarle desesperadamente. ¿Cómo podían convivir sentimientos tan opuestos al mismo tiempo? ¿Cómo podía cambiar todo tan rápidamente? El aire parecía estar de repente cargado de sexo.

–No esperarás que te pague los pantalones, ¿verdad? –dijo intentando romper aquel silencio incómodo.

–No, estaba pensando en otro tipo de castigo –respondió él desnudándola con la mirada.

–No sé a qué te refieres –dijo ella secándose el agua que caía por su rostro al tiempo que se alejaba de él todo lo que podía sin salir de la bañera.

No tenía más espacio. Su espalda estaba apoyada contra la fría pared de mármol. Vinn se acercó a ella hasta que sintió su camisa húmeda pegada a la suave seda de su vestido negro, que nunca le había parecido tan fino. Podía sentir el cinturón de él contra su vientre. Y no sólo el cinturón. Vinn estaba excitado, y su miembro duro, erecto, la presionaba, dejándola sin respiración.

–¿Qué me dices, Gabriella? –preguntó él con voz seductora–. ¿Qué te parece si nos desnudamos y terminamos de una vez con esto? Éste es el juego que más te gusta, ¿verdad? Antes te gustaba mucho, excitarme, sofocarme, sacarme de mis casillas para luego reírte de mí. Eso es lo que quieres, ¿verdad?

Gabriella estaba sorprendida de sus propias emociones. Deseaba casi con violencia quitarle la camisa y explorar cada poro de su cuerpo, desabrocharle el cinturón y dar rienda suelta a sus deseos, sentir los músculos de Vinn bajo las yemas de sus dedos, quería que él la apoyara contra la fría pared de mármol, que le tocara los senos con las manos hasta que no pudiera mantenerse en pie.

Entonces, recordó lo poco experimentada que era en esos asuntos. Todavía era una principiante. Incluso su difunto marido había llegado a desesperarse tanto que había buscado consuelo en la cama de otras mujeres.

–¿Gabriella? –dijo él alzándole la barbilla con los dedos–. ¿Tienes frío? Lo siento, no me he dado cuenta de que estabas temblando. Déjame que vuelva a abrir el grifo.

Sí, estaba temblando, pero no de frío. Nunca hasta aquel momento se había sentido tan indefensa, tan superada por los acontecimientos. Vinn la tenía comiendo en la palma de su mano y, si no encontraba pronto una excusa para quedarse sola, iba a cometer una locura.

–No, no tengo frío –dijo ella temblando–. Pero me gustaría estar sola.

Vinn reguló el agua de la ducha para que no saliera demasiado fría y salió de la bañera.

–Iré a buscar algo de ropa –dijo tomando una toalla y secándose antes de salir.

A los pocos minutos, regresó con algunas prendas que debían de ser cuatro tallas mayores que las que ella usaba. El grifo de la ducha estaba cerrado, y podía escuchar lamentos ahogados procedentes del interior del baño. Por un momento, sintió compasión de ella, pero enseguida se recordó a sí mismo que las lágrimas y los lamentos eran las armas que Gabby utilizaba siempre para salirse con la suya. ¿Cuántas veces se había dejado engañar en el pasado por ellas? No, no iba a volver a caer en la misma trampa.

Cuando Gabriella salió del baño, después de haberse puesto la ropa que le había llevado, no parecía tener el menor rastro de tristeza o malestar en la cara. Sus ojos estaban despejados, casi desafiantes. Vestida de aquella manera, con prendas que no eran de su talla, parecía mucho más joven, parecía una niña pequeña.

–Después de todo, creo que lo mejor será que te lleve a casa –dijo él–. La operación de tu padre ha sido adelantada a mañana por la mañana. Será mejor que afrontemos ese trago antes de seguir adelante.

–Gracias... –murmuró ella–. Esto es muy difícil para mí...

Vinn se preguntó si se refería al estado de salud de su padre o al acuerdo de matrimonio al que habían llegado. La Gabriella St Clair que conocía no dudaría en utilizar el ataque al corazón de su padre para conseguir cualquier cosa en su propio beneficio.

Capítulo 5

GABBY no podía estarse quieta. Cruzaba de un lado a otro la sala de espera donde aguardaba con su madre noticias sobre la operación de su padre. Llevaban mucho tiempo esperando. Aunque Henry St Clair era el primero de la lista, la intervención era complicada, ya que había que ensanchar las venas e insertar los by-pass.

Finalmente, el cirujano entró en la sala con buenas noticias. Todo había salido a la perfección, y Henry estaba ya en el ala de recuperación. Una vez estabilizado, le pasarían a la zona de cuidados intensivos.

–¿Cuándo podremos verle? –preguntó Gabby sosteniendo con fuerza la mano de su madre.

–En cuanto le lleven a la UCI le diré a alguno de mis compañeros que les avise –dijo el cirujano–. Intenten no tocar nada cuando estén con él, tendrá muchos tubos conectados a su cuerpo. Ha tenido mucha suerte. No ha fumado desde hace mucho tiempo, y su peso es el adecuado para su estatura y su edad. Aunque los antecedentes familiares son numerosos, su estilo de vida ha sido muy saludable. Lo único que tienen que hacer es no estresarle demasiado.

El médico no podía tener más razón. Precisamente por eso, Gabby había firmado aquella misma mañana el contrato prematrimonial. Se había comprometido a casarse por lo civil con Vinn Venadicci en una ceremonia discreta y pasar una corta luna de miel en el complejo vacacional St Clair Island.

Gabby intentaba no pensar mucho en ello y disfrutar de las buenas noticias. También su madre, que nunca había llevado demasiado bien las crisis, parecía más animada. La reacción que había tenido tras la muerte de Blair había sido una de las razones que le habían llevado a aceptar la propuesta de Tristan. Su difunto marido había afirmado que una boda por todo lo alto era lo que su madre necesitaba para recuperar la motivación para vivir.

El tiempo había pasado, y se acababa de comprometer con un hombre para proteger a sus padres, las dos personas que más quería en el mundo.

Vinn, por el contrario, no entraba dentro de ese grupo de confianza. Siempre había sido un misterio para ella, y seguía siéndolo. En cierto modo, él mismo fomentaba cierto halo de indeterminación alrededor de su vida.

Gabby sabía que, en cierto modo, podía confiar en él. Vinn era un hombre que nunca le pondría la mano encima. A pesar de lo mal que se había portado con él en el pasado, tenía la suficiente fuerza de voluntad para no hacer nada. Lo había demostrado desde el primer día que le había conocido.

—Está bien, mamá... —dijo Gabby abrazando a su madre, que se había echado a llorar—. ¿No has oído lo que ha dicho el médico? Se va a poner bien.

–Lo sé, cariño... Es sólo... Cuánto me gustaría que Blair estuviera aquí –dijo Pamela St Clair–. Mientras tu padre no se recupere, ¿qué será de los negocios? Él nunca me ha contado nada. ¿Estás segura de que todo va bien? Tú tampoco dices nada, y no puedo evitar preocuparme. Podríamos perder todo por lo que hemos luchado. Si perdiéramos la casa... Dios mío, no podría soportarlo.

–Mamá, deja de preocuparte –dijo Gabby estrechándola más fuerte–. El complejo vacacional está perfectamente. Hablé con los Foster ayer y todo va bien. Tienen todo reservado para los próximos meses. Estamos generando beneficios, tal y como planeamos. Todo está a salvo.

–Cuánto me alegro de oírlo –dijo su madre dando un paso atrás y secándose las lágrimas–. Y es una gran noticia que vayas a casarte con Vinn. Quería que lo supieras, Gabby.

–Siempre pensé que no te caía bien –dijo ella mirando a su madre fijamente–. Siempre le has mirado por encima del hombro.

–Lo sé, y... Ahora, con el tiempo, me doy cuenta de lo hipócrita que he sido. Supongo que si me comporté así fue porque me sentía avergonzada de mis propios orígenes.

–¿A qué te refieres? –preguntó Gabby frunciendo el ceño.

–Cariño... –respondió Pamela–. Tu padre se casó conmigo en contra de los deseos de su familia. Nunca os lo dijimos a vosotros y, gracias a Dios, vuestros abuelos tampoco lo hicieron. Yo era del otro lado de la calle, como quien dice.

Gabby no podía dar crédito a las palabras de su madre. Se quedó allí, en silencio, mirándola, como si no la hubiera conocido nunca.

—La madre de Vinn, Rose, siempre me recordó a mi propia madre —continuó Pamela—. También era una madre soltera, sin preparación, sin formación, a expensas de cualquiera que quisiera contratarla. Pasé toda mi infancia yendo de un lado para otro, nunca pude hacer amigos de verdad. Al final, tuve que dejar el colegio y confiar en mi aspecto físico, en mi apariencia, para intentar llegar a algún sitio en la vida. Conocí a tu padre en un restaurante donde trabajaba de camarera. Allí fue donde conocí también a Janice, la madre de Tristan. Sus padres eran los dueños del restaurante. Era muy cariñosa conmigo, y enseguida nos hicimos amigas. El resto, como se suele decir, ya es historia.

—Estabas enamorada de papá cuando te casaste con él, ¿verdad? —preguntó Gabby conteniendo la respiración.

Pamela dejó escapar un suspiro y miró a su hija.

—No fue tan rápido. Me quedé embarazada de tu hermano. Era demasiado ingenua cuando empecé a salir con tu padre para tomar precauciones. Tu padre insistió en casarse conmigo, y así fue. Contra la opinión y los deseos de todo el mundo.

Gabby no podía abrir la boca. Sus cuerdas vocales parecían estar bloqueadas en su garganta.

—Con el tiempo, aprendí a quererle. No hace falta que te diga que tu padre es un hombre extraordinario. No siempre hace las cosas bien, no es perfecto, pero, aparte de ti, es todo lo que tengo en la vida. Lo único que desearía es que Blair no hubiera... –se interrumpió para respirar–. Sólo quiero que seas feliz, Gabby. Janice, la madre de Tristan, también desea lo mismo para ti. Hablé con ella ayer por la noche. Ella y su marido, Gareth, tienen la mejor opinión de ti. Fuiste una maravillosa esposa para su hijo.

La culpabilidad atenazó de nuevo a Gabby. Al igual que sus padres, los padres de Tristan nunca habían sabido lo que realmente había ocurrido de puertas para dentro. ¿Cómo podría haber sido sincera sin destrozar la vida de todos?

Se había sentido completamente sola.

Todavía se sentía sola.

¿Era alguien capaz de comprender lo que se sentía llevando a cuestas aquella culpabilidad, aquella vergüenza? ¿Existía alguna manera de borrar esas marcas de su vida? ¿Sería capaz algún día de superarlas y empezar de nuevo?

–No llores más, mamá –dijo Gabby intentando consolarla de nuevo–. Las cosas van a salir bien. Vinn y yo lo solucionaremos todo.

–¿Le quieres, cariño? –le preguntó Pamela.

¿Qué podía decirle? ¿Podía mentirle a su madre de aquella manera? ¿No había incurrido ya en demasiados errores y en demasiadas mentiras?

–Mamá... –murmuró–. ¿Qué clase de pregunta es ésa? ¿Por qué demonios me casaría si no sintiera... algo muy intenso por él?

–En ese caso –respondió su madre sonriendo de satisfacción–, tienes que ser para él una esposa mejor de lo que fui yo para tu padre en aquellos primeros años de matrimonio. Al menos, tú no vas a casarte con Vinn por obligación. Has decidido unir tu vida a él porque le quieres, porque no puedes imaginarte la vida con nadie más, a excepción de Tristan. Hacíais tan buena pareja... Todo el mundo lo decía... Pero los caminos del Señor son inescrutables, ¿no crees?

–Por supuesto, mamá –dijo ella disimulando una sonrisa–. Por supuesto.

A los pocos minutos de entrar en su casa de Point Piper, Vinn apareció en la verja de entrada. Mientras veía su coche por las cámaras de seguridad, Gabby se preguntó si habría estado esperándola apostado en la puerta.

Él se había pasado un momento por el hospital aquella tarde, pero no se había quedado mucho tiempo. Lo suficiente par darle un beso en los labios delante de su madre, un beso suave y sensual que fue recibido con un temblor por su parte. Gabby había permanecido en silencio, escuchando cómo hablaba con su madre sobre el estado de salud de Henry mientras se pasaba la lengua por los labios.

Se le había erizado la piel cuando Vinn le había pasado la mano por la cintura en un gesto protector que había provocado una extraña sensación de seguridad en ella. Se había acercado más a él por instinto, para sentir su fortaleza.

Su madre les había dejado solos para entrar en la UCI y Vinn había quitado la mano de su cintura en el acto.

–¿Crees que eso era necesario? –le había preguntado Gabby en un tono deliberadamente inquisitivo.

–En realidad, por un momento estuve a punto de besarte con la lengua, pero luego pensé que a tu madre le incomodaría esa muestra de afecto por mi parte.

–¿Afecto? ¿Llamas afecto a esto? Es pura y simple atracción física, lo sabes tan bien como yo. Y es condenadamente incómoda.

–De modo que tú también te das cuenta, ¿verdad, pequeña? –le había preguntado él acariciándole la cara–. No te preocupes, pronto haremos algo al respecto.

–Por encima de mi cadáver –había replicado ella disimulando el temblor de su corazón y de todo su cuerpo.

Vinn sonrió y le dio un suave beso en la frente.

–Guárdate esas energías para otro momento, cariño. Las necesitarás para conseguir lo que los dos hemos querido siempre.

–Lo que yo quiero es verte arder en el infierno.

Vinn había sonreído y, sin decir nada, se había dado la vuelta y se había alejado por el largo pasillo del hospital en dirección a la salida. Gabby se había quedado mirándole sin poder moverse. Le había visto esperar el ascensor y sonreír a dos enfermeras que habían salido de él.

–¿No era ése Vinn Venadicci? –había preguntado una de ellas.

–Creo que sí –había respondido la otra–. He oído decir que está comprometido. Su futuro suegro está en la UCI, le acaban de operar por un ataque al corazón. ¿Cuánto durará este matrimonio? Según tengo entendido, a Vinn Venadicci le gusta ir saltando de flor en flor.

–A mí no me importaría que se posara en mí de vez en cuando –había dicho la otra–. ¿Has visto los ojos que tiene? ¿Y esa sonrisa? Sería capaz de derretir a cualquier mujer.

Molesta por la conversación, Gabby se había dado la vuelta y se había encerrado en la sala de espera.

Gabby fue hasta la puerta y la abrió para que Vinn entrara.

–¿A qué has venido aquí? –le preguntó ella.

Vinn introdujo la mano en el bolsillo de su chaqueta y sacó una pequeña cajita de terciopelo azul.

–Esto es para ti –dijo ofreciéndosela con una mirada enigmática–. Si no te gusta el diseño, podemos cambiarlo por otro sin problemas. A mí me da igual.

Gabby la tomó de su mano, poniendo especial cuidado para no tocarle, y abrió la cajita. En el interior había un anillo de diamantes sencillo. Su brillo era sobrecogedor.

–Es... –intentó decir ella–. Es muy bonito. Debe de haberte costado una fortuna.

–No tanto como el negocio de tus padres, pero no ha sido barato –replicó él.

Gabby le miró en silencio. Aunque había crecido rodeada de riqueza y lujo, aunque había disfrutado siempre de unos privilegios que la mayoría de las personas no podrían alcanzar jamás, no podía sino sorprenderse por los límites a los que parecía estar dispuesto a llegar Vinn para convertirla en su esposa.

–Para ponértelo, tendrás que quitarte antes el de Tristan –continuó Vinn.

Gabby miró su mano derecha y vio el anillo que le había regalado su difunto marido, el anillo que tantas veces había querido quitarse durante aquellos dos tristes años.

–Claro... Por supuesto –dijo ella insegura extrayéndolo de su dedo.

–Déjame hacerlo a mí –dijo él dejando la cajita en una mesa que había al lado.

Vinn tomó la mano de Gabby y empezó a deslizar el anillo por su dedo hasta que se lo hubo quitado. Ella podía oír su corazón latiendo con furia, mientras las manos empezaban a sudarle y todo su cuerpo se excitaba. Vinn tomó entonces la cajita, la abrió, sacó el anillo de diamantes que había comprado para ella y lo introdujo lentamente en su dedo.

–Creo que te queda perfecto –dijo con una sonrisa–. ¿Qué te parece?

–Sí, es una suerte –dijo ella alejándose de él.

–¿Vas a invitarme a tomar algo para celebrarlo? Lo pregunto porque, si es así, preferiría quitarme la camisa. No me gustaría tener que llevar ésta también a la tintorería.

Gabby le miró a los ojos.

–Me comprometo a no tirarte más copas encima si tú no vuelves a hacer comentarios insultantes sobre mí y sobre mi vida.

–¿A qué comentarios te refieres? –preguntó él sonriendo.

Gabby se acercó al armario y abrió una vitrina.

–Tengo las cosas habituales. Vino, champán... Lo que más te guste.

–Ya sabes lo que me gusta –dijo él acercándose a ella.

Gabby se estremeció al sentir las manos de él descendiendo por su espalda. El calor que transmitían le ardía en la piel, y le hizo preguntarse cómo sería yacer junto a él desnuda, sentir las manos de él deslizándose por sus senos.

Puede que no le cayera bien, puede que le odiara, pero no podía mentirse a sí misma, le deseaba. Tenía una forma de tocarla que le excitaba intensamente.

–¿Qué perfume te has puesto hoy? –le preguntó él acercándose un poco más.

–Yo... No lo recuerdo –respondió ella.

–Me recuerda a una cálida noche de verano –apuntó él con voz sensual–. Huele a jazmín... Pero hay algo más.

Gabby se preguntó si ese algo más no sería el deseo que sentía por él, el deseo que cada vez le costaba más reprimir. Siempre le había mantenido a distancia con sus comentarios sarcásticos e hirientes, pero ahora su propio cuerpo la estaba traicionando. ¿Era consciente él de lo cerca que estaba de conseguir lo que se proponía?

Vinn la tomó de los hombros e hizo que se diera la vuelta para poder mirarla. Tenía los ojos brillantes, la piel bañada por un ligero sudor y la boca húmeda. Quería besarla, saborearla, sentir su lengua entrelazada con la suya. Quería apoyarla contra la pared y poseerla como debería haber hecho aquella noche antes de su boda con Tristan, entrar con ella en el paraíso y gritar hasta que no pudieran más.

–Creo que he cambiado de opinión sobre esa copa –dijo en cambio apartándose de ella–. Tengo un compromiso esta noche. He venido en mi coche en lugar de llamar a un taxi, no me gustaría tener los problemas que tuviste tú anoche.

–¿No tienes chófer?

–De vez en cuando sí, pero no siempre que quiera. Tampoco tengo un ama de llaves, de modo que espero que no te importe colaborar un poco en la casa cuando empecemos a vivir juntos.

–¿Estás de broma? –le espetó ella.

–Por supuesto que no, rubia. Yo siempre me hago la cena, y espero que tú hagas lo mismo.

–¡Pero eres multimillonario, por el amor de Dios!

–¿Y qué?

–¿Por qué no contratas a alguien para que haga esas cosas? Es completamente estúpido perder el tiempo en cosas banales cuando otra persona podría hacerlas por ti.

–Pues resulta que a mí me gusta cocinar –dijo él.

Había estado tan sobreprotegida por sus padres, que no tenía ni idea de cómo funcionaba el mundo real. Iba a ser un placer para él enseñar a Gabby que debía tratar con más respeto y consideración a las personas menos afortunadas que ella.

–Si has llegado a pensar por un momento que voy a lavarte los calcetines y doblar tu ropa interior, es que estás más loco de lo que creía –protestó ofendida.

–Lo único que espero que hagas con mi ropa interior es quitármela, a ser posible con la boca –replicó él con una mirada lasciva.

–¡No haré nada semejante! –exclamó ella sulfurada.

Vinn se rió ostensiblemente y, antes de sucumbir a la tentación de besarla, se dio la vuelta y se fue.

Gabby pasó los siguientes minutos deambulando por el salón, cruzándolo de arriba abajo, debatiéndose entre el odio que sentía por él y su decepción porque no se hubiera quedado a tomar una copa.

Pero cuando se sentó en el sofá, se dio cuenta de que ésa no era toda la verdad. Estaba disgustada porque había esperado que él se hubiera quedado el suficiente tiempo para estrecharla entre sus brazos y besarla. Pero se había ido, dejándola sola y llena de pasión insatisfecha. Estaba jugando con ella como un gato con un ratón, martirizándola sin piedad, esperando el mejor momento para sojuzgarla completamente.

Le odiaba.

Aunque tampoco eso era realmente cierto. Y ése era el problema.

No sabía qué diablos sentía por él, pero una cosa era cierta: no le odiaba tanto como ella quería creer.

Capítulo 6

CARIÑO... –dijo Pamela St Clair en cuanto Gabby entró al hospital la mañana siguiente–. Por favor, dime que esto... Dime que... –dijo balbuciendo mientras le daba el periódico–. ¡Dime que esta patraña no es verdad!

Gabby miró la página por la que estaba abierto el diario y sintió como si le hubieran clavado un puñal por la espalda. A todo color, había una fotografía de Vinn rodeando con el brazo a una joven y hermosa mujer. Junto a la instantánea, el periodista que se hacía eco de la noticia afirmaba que Vinn Venadicci, de quien recientemente se había rumoreado que iba a contraer matrimonio con la viuda de la alta sociedad Gabriella St Clair, había sido visto recientemente en un par de ocasiones con una misteriosa joven.

–¿Y bien? –repitió su madre impaciente quitándole el periódico de las manos–. Por amor de Dios... Si tu padre se entera de esto, tendrá otro ataque.

–Mamá... Claro que no es verdad. Ya sabes cómo son los periodistas... Inventan cosas constantemente. Probablemente se trate de una foto antigua.

–¿Estás segura? –preguntó su madre entornando los ojos y mirando de nuevo el periódico–. ¿Estás completamente segura?

Gabby nunca se había sentido tan insegura en toda su vida, pero no podía admitirlo delante de su madre. Haciendo gala de unas dotes interpretativas que nunca había sabido que poseyera, relajó sus facciones, sonrió y tomó el periódico de manos de su madre.

–Mamá... ¿Crees que Vinn me daría esto para después irse con otra mujer la misma noche?

Gabby le enseñó a su madre el anillo de diamantes que le había regalado.

–Oh, Dios mío, es precioso –dijo Pamela–. Debe de haberle costado una fortuna.

–Así es –replicó ella–. Pero, al parecer, él dice que lo valgo.

–Oh, Vinn... –dijo de repente su madre sonrojándose, mirando por encima del hombro de su hija–. Estábamos... Estábamos hablando de ti.

Gabby tuvo que reunir toda su fuerza de voluntad para aparentar normalidad.

–Hola –dijo volviéndose y dándole un cariñoso beso en la mejilla para acallar las sospechas de su madre.

Pero Vinn tenía otras intenciones. Tomándola de la cintura, le dio un beso apasionado en los labios que dejó a Gabby completamente desconcertada.

–Hola, cariño –dijo antes de girarse para saludar a la madre de Gabby, que estaba intentando esconder el periódico en alguna parte, aunque sin mucho éxito–. Espero que no estéis muy disgustadas por ese artículo. Ya me he puesto en contacto con mis abogados para que demanden al periódico por difamación.

–Oh, no... –se apresuró a decir Pamela–. Por supuesto que no, Vinn. No le hemos dado la menor importancia, ¿verdad, cariño?

—Claro que no —confirmó ella—. Ya estoy más que acostumbrada a estos juegos. También han dicho muchas cosas sobre mí en el pasado.

—Me alegro de oírlo —dijo él—. ¿Qué tal está Henry esta mañana?

—Ahora está descansando, pero ha pasado buena noche —respondió Pamela más animada—. El cirujano dice que está muy satisfecho con su evolución. Lo más importante es que siga tranquilo y no se preocupe por nada.

—Por supuesto —coreó Vinn tomando la mano de Gabby—. Te dejaremos ir a verle mientras nos tomamos un café. ¿Quieres que te llevemos algo?

—Oh, no, no os preocupéis por mí —dijo Pamela sonrojándose como una colegiala—. Eres muy amable, Vinn. Gabby tiene mucha suerte de tener a su lado a alguien como tú, lo digo de veras. ¡Y vaya anillo que le has comprado!

—Ella se lo merece todo, ¿no crees?

—Bueno, es mi hija, ¿qué quieres que diga? Claro que se lo merece, aunque me gustaría verla sonreír con más frecuencia. Para tratarse de una mujer enamorada, no parece muy feliz.

—Sólo estoy preocupada por papá —se apresuró a decir Gabby—, eso es todo. Está pasando una mala racha, y...

—Señora St Clair —la interrumpió Vinn atrayéndola hacia él y mirando a su madre—. Le prometo que, cuando regresemos de la luna de miel, no la reconocerá. Se lo garantizo.

—Oh, eres muy amable —dijo Pamela sonrojándose de nuevo—. Pero, por favor, llámame Pamela, vas a ser parte de la familia.

—Gracias, Pamela —dijo Vinn sonriendo.

En cuanto su madre los dejó solos, Gabby se apartó de él.

—¿Quién es? —le preguntó.

—¿Quien es quién? —preguntó él mientras caminaban hacia los ascensores.

—La mujer de la fotografía. Es tu amante, ¿verdad? —le preguntó furiosa—. No te atrevas a negarlo.

—Entonces no malgastaré el tiempo en justificarme —respondió él—. ¿Para qué, si no vas a creerme?

Las puertas del ascensor se abrieron y Gabby guardó silencio discretamente, ya que había más gente en el interior. Mientras descendían a la planta baja, su ira iba aumentando poco a poco.

Las puertas se abrieron, y Vinn la guió hacia su coche.

—¿Dónde vamos? —preguntó ella.

—A tomarnos un café —dijo él abriendo la puerta del acompañante—. Vamos, entra.

—A mí no me des órdenes como si fuera una niña —protestó Gabby.

—Entonces no te comportes como tal —replicó él—. Entra en el coche.

—¿Por qué tenemos que tomar el coche e ir a Dios sabe dónde cuando hay una espléndida cafetería en el vestíbulo del hospital?

—¿Sabes una cosa, rubia? Estás empezando a sacarme de quicio, y eso no me gusta.

–Entonces estamos iguales, porque llevas sacándome de quicio desde que te conocí.

–Escucha –dijo él conteniéndose–. No tengo nada contra el café del hospital, pero ahora mismo prefiero estar a solas contigo, me gustaría estar en un lugar donde no haya nadie más. Tenemos algunas cosas de las que hablar.

–¿Como de tu misteriosa amante?

–No es nada parecido –respondió Vinn–. Sólo es una amiga.

–¿Una amiga? ¿Por quién me tomas? ¿Me crees tan tonta?

–Sinceramente, cariño, ahora mismo, no sé qué creer de ti. Dado que la semana que viene no voy a estar por aquí, tengo un montón de cosas que hacer, y no puedo perder el tiempo con estos comportamientos infantiles que por lo que veo tanto te gustan, sobre todo después de haber pagado una suma considerable de dinero sin que ni siquiera me hayas dado las gracias.

–¿Todavía esperas que te dé las gracias por hacerme chantaje con el objetivo de que me case contigo? –preguntó incrédula.

–Si no te convencen las condiciones, puedes volverte atrás. Me devuelves el dinero y tan amigos. Aquí y ahora.

Gabby dudó por un momento, pero sabía que no había ninguna manera de conseguir en poco tiempo una cantidad tan elevada de dinero.

–Sabes de sobra que no puedo hacerlo.

–Bien, entonces sigamos adelante –dijo indicándole con un gesto que entrara en el coche.

Gabby entró en el vehículo. Tenía la cabeza a punto de estallar, los hombros tensos y el cuello dolorido. Se pasó las manos por ambos lados de la nariz y cerró los ojos intentando relajarse.

–¿Estás bien? ¿Te duele la cabeza? –le preguntó Vinn masajeándole los hombros y consiguiendo por arte de magia que la tensión desapareciera.

–No he dormido bien –respondió ella–, y apenas he desayunado.

Gabby se echó hacia delante para disfrutar del contacto de las manos de él sobre sus hombros, sintiendo que el dolor desaparecía.

–¿Te sientes mejor?

Al abrir los ojos, le vio a su lado. Parecía realmente preocupado por su estado, aunque ella no podía hacer otra cosa que mirar sus labios, que eran tan irresistibles como siempre. Le entraron ganas de acariciarle la cara, de sentir la aspereza de su piel masculina bajo la suavidad de sus manos. Se imaginó besándolo por todo el cuerpo lentamente.

En lugar de eso, Vinn se sentó bien frente al volante, bajó el freno de mano y encendió el motor. Gabby miró por la ventanilla decepcionada. Deseaba besarle, pero él no hacía nada al respecto. ¿Estaba haciéndolo a propósito? Cuanto más pasaba el tiempo, más aumentaba su deseo. Si aquello seguía su curso, no iba a tener fuerzas para resistirse cuando él decidiera que había llegado el momento. Todo su cuerpo se estremecía ante la idea de hacer el amor con él.

Gabby se revolvió en su asiento, excitada, con el sexo ardiendo y el pulso acelerado.

¿Iba a estar a la altura? Aunque había estado casada con Tristan, nunca había experimentado placer sexual, sólo dolor y vergüenza. Sólo habían existido insultos y descalificaciones, los que él le había soltado a ella, agresiones psicológicas que le habían hecho sentirse insegura, vacía y fracasada.

Cuando quiso darse cuenta, Gabby se encontró cerca de Mosman.

–¿Vamos a tu casa?

–Sí –respondió él sin apartar la vista del tráfico–. Podríamos haber ido a una cafetería del centro, pero es evidente que necesitas tranquilidad.

Gabby miró de nuevo por la ventanilla preguntándose si Vinn estaba actuando de un modo tan educado y solícito para desviar la conversación de la mujer en compañía de la cual había sido fotografiado. Estaba celosa, se sentía como si miles de pequeñas pirañas hambrientas estuvieran devorándola por dentro sin piedad.

No quería sentir aquellas emociones.

No quería sentirse tan vulnerable.

Entonces, de repente, se dio cuenta de que no quería que él deseara a ninguna otra mujer. Le quería sólo para ella.

Vinn detuvo el coche en el caminito que llevaba hacia la casa y se bajó para abrirle la puerta. Gabby estaba pálida. Tenía unas ojeras enormes y la boca seca.

Había pasado demasiado tiempo en el hospital preocupada por su padre. Vinn sabía por experiencia por lo que estaba pasando Gabby. Ver a su madre morir había sido una de las peores cosas que le habían pasado en la vida, experiencia que se había convertido en un auténtico tormento cuando habían llegado las noticias del suicidio de Blair. No había podido asistir al entierro del hermano de Gabby, se había tenido que quedar al lado de su madre.

Semanas más tarde, enterarse del compromiso de Gabriella con Tristan había sido un golpe más. Nunca le había gustado aquel hombre, siempre había existido algo que le había hecho desconfiar de él. Siempre había demostrado demasiada confianza en sí mismo y poco amor hacia Gabriella. A pesar de sus advertencias, ella se había casado. Tristan se había encargado, a petición de ella, de que no pudiera asistir a la boda. Había tenido que enzarzarse en una dura pelea con una panda de matones y, a pesar de su fortaleza, habían sido demasiado para él.

Vinn la guió hasta la casa y la llevó directamente a la cocina.

—Te haré unos huevos revueltos y una tostada –dijo él.

—No me hagas mucha cantidad –repuso ella aceptando su ayuda–. No tengo mucha hambre.

—¿Cuándo fue la última vez que comiste? –preguntó Vinn mientras untaba mantequilla en la tostada y la ponía en la sartén.

—No lo sé... No me acuerdo... ¿Ayer a mediodía?

—Como sigas adelgazando, vas a necesitar esquís cuando te metas en la ducha para no irte por el desagüe –dijo él sacando una docena de huevos.

—Muy gracioso.

Vinn echó las yemas de los huevos en un cuenco y empezó a batirlos.

–¿Cómo te las arreglas en el trabajo desde que tu padre no está por allí? –preguntó él sin darle mucha importancia.

Al ver que Gabby no decía nada, Vinn la miró.

–No muy bien, ¿verdad?

–¿Qué te hace creer eso? –replicó ella a la defensiva–. ¿Crees que no soy capaz de administrar los negocios yo sola?

–No, lo que creo es que lo estás haciendo para intentar demostrar que eres capaz de hacerlo, no porque quieras hacerlo –dijo continuando con el desayuno–. Tu corazón no está ahí. Nunca lo ha estado.

–Es el negocio de la familia –se justificó ella.

–¿Y?

–Cada uno tiene su papel.

–Sí, pero también es importante que quieran involucrarse –dijo él–. Es más, lo ideal es que el trabajo te apasione, que te dé satisfacciones.

–A mí me gusta ese trabajo –dijo ella cruzando los brazos.

–Puede ser, pero... Sigo pensando que hay cosas que te gustan más.

–¿Ah, sí? ¿Desde cuándo te has convertido en un experto en mí? ¿Desde cuándo sabes lo que me gusta o deja de gustarme?

Vinn la miró de esa forma que siempre le provocaba escalofríos, que hacía que le temblaran las piernas y su piel se excitara.

–Porque te conozco, Gabriella –dijo Vinn–. No has nacido para los negocios. Y yo no soy el único que lo piensa.

–¿Qué quieres decir? –preguntó ella confundida–.

¿Has estado hablando con alguien de la compañía a mis espaldas?

—Gabriella... —dijo Vinn apoyándose en la encimera—. He puesto dos millones cuatrocientos mil dólares en esa empresa. ¿Creías que iba a hacerlo sin investigar un poco? ¿Sin pasarme a ver cómo funcionan por allí las cosas?

—¿Qué tipo de investigación? —preguntó con desconfianza—. Apenas tuviste tiempo. Acudí a ti cuando me di cuenta de que no tenía otra alternativa... No pudiste... —se detuvo al comprender la verdad—. Lo hiciste antes, ¿verdad? Estuviste merodeando por allí para averiguar qué problemas había... Dios mío... ¿Cómo pudiste hacerlo? ¿Por qué minas mis esfuerzos de esta manera?

—Antes de que a tu padre le diera el ataque al corazón ya me preocupaba bastante su estado de salud —dijo él—. Hace dos meses comí con él y me di cuenta de que ya no tenía la cabeza concentrada en lo importante. Había perdido la garra. En cierto modo, creo que se sintió aliviado de dejarlo todo en tus manos, él estaba ya muy cansado. Estoy seguro de que, en cuanto se recupere, querrá volver a hacerse con las riendas de todo. Por eso he hecho algunos cambios mientras él esté en el hospital. He contratado a un gestor administrativo que se hará cargo de todo hasta que Henry vuelva. Empieza mañana.

—¿Que has hecho qué? —preguntó Gabby sin dar crédito a lo que oía.

—Quiero que tú también te tomes un descanso —dijo sirviendo los huevos en un plato—. Tómate unos meses para averiguar qué te gustaría hacer. A lo mejor descubres que prefieres ser madre y esposa a cualquier otra cosa.

–Lo habías planeado todo, ¿verdad? Esperabas que yo lo dejara todo en tus manos sin más... Cielo santo, no puedo creer que todavía haya hombres como tú en el mundo. Creía que habían muerto al mismo tiempo que los dinosaurios.

Vinn tomó la tostada y los huevos y los puso delante de Gabby.

–Ahora deberías desayunar, se te van a enfriar.

En un arranque de furia, Gabby apartó el plato de un golpe. Sin pretenderlo, consiguió tirarlo al suelo, haciéndolo estallar en mil pedazos y ensuciando todo con los restos del desayuno que había hecho Vinn.

–Lo siento, no quería...

–Claro que no –dijo él conteniendo la ira.

–Si me dices dónde está la fregona, yo lo limpiaré –dijo con voz insegura.

–Déjalo –dijo él tenso–. Es mi casa, me encargaré yo. Además, no creo que fueras capaz de distinguir una escoba de una fregona.

Gabby intentó contener las lágrimas con todas sus fuerzas, pero no pudo. Se derramaron una a una por sus mejillas.

Vinn, que se dirigía a por los utensilios de limpieza, se detuvo.

–No te preocupes, mujer, sólo era un plato –dijo conmovido por sus lágrimas–. No es el fin del mundo.

Gabby se llevó las manos a la cara y rompió a llorar desconsoladamente.

Vinn dejó las cosas, fue hacia ella y la abrazó.

—¿Estás segura de que no estás en uno de esos días? —le preguntó.

Negando con la cabeza, Gabby se derrumbó sobre su pecho respirando con dificultad a causa del llanto.

Vinn le acarició su cabello rubio suavemente, calmándola, consiguiendo tranquilizarla, acallando sus lágrimas y sus lamentos hasta que los dos estuvieron en silencio.

Él empezó a excitarse. Tenía el cuerpo de ella pegado al suyo, sus generosos senos presionando contra su pecho y los brazos de ella alrededor de su cintura.

Entonces, sintió que ella también estaba excitada, que una corriente de deseo estaba atravesándola igual que una onda agita la superficie de un lago en calma.

Gabby alzó la cabeza para mirarle.

Se miraron a los ojos.

Vinn se inclinó sobre ella y la besó.

Capítulo 7

GABBY creyó que iba a derretirse. Los labios de Vinn eran duros y suaves al mismo tiempo, provocadores y sumisos. Eran demasiadas emociones, y Gabby estaba temblando.

Le devolvió el beso con una efusividad tan intensa que casi resultó peligrosa. Estaba ardiendo, cada poro de su cuerpo estallaba por tocarle, por dejarse llevar por el placer hasta más allá de cualquier límite.

Sin dejar de besarla, Vinn empezó a desabrocharle los botones de la blusa de algodón que se había puesto aquella mañana. Cuando llegó al último, le quitó el sujetador con una facilidad sorprendente y hundió su boca en uno de sus senos. Gabby suspiró al sentir la lengua de él recorriendo su pezón, luego el otro, apretándolos con las manos. Se sentía transportada por una ola poderosa que la vaciaba de todo lo que no fuera él.

Vinn se incorporó de nuevo, pegó su cuerpo al de ella para que sintiera lo excitado que estaba, y la besó de nuevo.

–Sabes condenadamente bien –murmuró–. Quiero saborearte entera.

Gabby cubrió los labios de él con los suyos e introdujo su lengua. Sus piernas estaban temblando, y sus pulmones respiraban rítmicamente, provocando un jadeo constante.

–Ven arriba conmigo –dijo él dejando de besarla para mirarla a los ojos–. No hace falta esperar hasta el viernes. Te deseo ahora mismo.

Gabby era el escenario donde se estaba librando una terrible batalla entre su cuerpo, que quería subir a su habitación, abandonarse al deseo, y su cabeza, que intentaba impedirlo. Vinn tenía una amante, era un mujeriego, sólo quería casarse con ella por venganza. No había el más mínimo rastro de amor en todo aquello. Era sólo lujuria. Había existido una fuerte atracción entre ambos desde el principio, pero algún día eso también se acabaría, y entonces él la abandonaría sin contemplaciones.

Su cuerpo, sin embargo, también era muy convincente. Estaba desesperado, gritando de necesidad, anhelando el contacto con el cuerpo de él, deseando despertar del interminable letargo al que había sido condenado.

–Bueno, ahora que lo pienso, ¿qué te parece si lo hacemos aquí mismo? –le preguntó él apoyándola contra la encimera de la cocina y empezando a subirle la falda.

–¡No! –exclamó ella poniendo las dos manos sobre el pecho de él.

–¿Ah, no? –preguntó él frunciendo el ceño.

–No... –dijo ella tomando el control de su voluntad, cerrando la boca para no seguir jadeando, intentando recuperar su dignidad–. No puedo...

–Pues hace unos segundos no me estaba dando

esa impresión –apuntó él algo decepcionado–. ¿Puedo saber qué te ha hecho cambiar de opinión?

Gabby estaba intentando recomponer su ropa de alguna manera, poniéndose de nuevo el sujetador, abrochándose otra vez la blusa, recuperando la compostura.

–No quiero acostarme contigo antes de que estemos casados –afirmó Gabby diciendo lo primero que le vino a la cabeza.

–Por amor de Dios, Gabriella... Has estado cinco años casada con otro hombre, no creo que tengas que salvaguardar tu virginidad ni nada parecido.

Gabby podía percibir la frustración en la voz de Vinn, y no pudo evitar sentirse culpable y avergonzada por haber permitido que las cosas hubieran llegado tan lejos.

–Lo siento... Sé que debe de ser muy duro para ti...

Vinn rompió a reír a carcajada limpia.

–Sí... Duro es la palabra exacta –replicó.

Gabby se sonrojó.

–Tampoco es nada fácil para mí. Hace... Hace mucho tiempo que yo no... Bueno, ya sabes...

Vinn puso un dedo sobre sus labios.

–No hablemos de tu difunto marido otra vez, ¿te parece, preciosa? Empieza a ser muy aburrido. Además, cada vez que te imagino con él me dan ganas de romper algo.

Gabby le miró en silencio, sintiendo los dedos de Vinn recorrer suavemente sus labios, sintiendo que el deseo seguía corriendo por sus venas.

–¿Fue él el primero? –le preguntó Vinn.

Gabby asintió tímidamente y recordó la primera y única vez que Tristan había conseguido forzarla. Nunca en toda su vida había pensado que pudiera llegar a ser tan doloroso, aunque era cierto que él no había hecho nada para preparar el momento, no la había seducido, nada de nada. Había sido utilizada como una prostituta, para ser luego abandonada física y psicológicamente.

—¿Ha habido alguien desde entonces? —preguntó Vinn de nuevo después de un tenso y largo silencio.

—No... —agitó ella la cabeza—. No, nadie...

Vinn no sabía si creerla o no. No había reaccionado a la muerte de su marido de la forma esperada. Tristan se había estrellado contra un poste de teléfono la noche de su quinto aniversario y había muerto en el acto. La prensa le había sacado a Gabriella miles de fotos en los días siguientes y ella se había comportado en todo momento como si nada hubiese pasado. Había ido a la peluquería en varias ocasiones, se había arreglado el pelo, se había hecho la manicura... Vinn se había preguntado con frecuencia si los rumores que había oído tantas veces serían ciertos. La gente murmuraba que ella tenía muchas aventuras extraconyugales y que él hacía la vista gorda para no decepcionar a las familias de ambos.

—¿Le amabas?

—Creía que no querías que habláramos de él —contestó ella con una sonrisa irónica.

—Es una pregunta sencilla y directa —replicó Vinn—. Con un sí o un no es suficiente.

—¿Por qué quieres saberlo? —preguntó ella de

nuevo, mirándole fijamente–. ¿Por qué quieres saberlo, si lo único que sientes por mí es lujuria y deseo? ¿O es que acaso hay algo que no me estás contando?

Una cosa era cierta, Gabby tenía un talento extraordinario para recuperarse de los golpes recibidos. Allí la tenía, delante de él, y no sabía muy bien qué sentía por ella. Durante muchos años, el odio y el deseo se habían mezclado cada día. Le había herido en incontables ocasiones en el pasado y, aunque podía llegar a perdonarle su comportamiento de juventud diciéndose que sólo se trataba de una chiquilla malcriada, no podía soportar el aire de desdén y de superioridad con el que todavía le miraba. Para ella, él seguía siendo el hijo de la mujer que limpiaba la casa de sus padres, alguien que no estaba a su altura, alguien que no era digno de llevarla a la cama y hacerla vibrar de placer, sólo de abrirle la puerta del coche o de su casa.

–Te vendría muy bien en estos momentos, ¿verdad, Gabriella? Sería un auténtico golpe de suerte que yo declarara ahora un incondicional y apasionado amor por ti. Siento desilusionarte, querida, pero mis necesidades son mucho más sencillas. La mejor palabra para definirlas es lujuria. Quizá para una mujer sofisticada y culta como tú sea una forma algo bruta de decirlo, pero lo resume a la perfección.

Gabby le miró atentamente sin decir nada.

–Será mejor que te abroches bien la blusa, rubia, antes de que te lleve de nuevo al hospital a ver a tu padre –dijo tomando las llaves del coche–. Creo que el último botón no está donde debería.

Gabby bajó la cabeza para ver si tenía razón y entonces se dio cuenta de que había vuelto a suceder. Vinn había terminado la conversación a su manera, había tomado en la mano su orgullo y su dignidad y los había tirado al suelo. La tenía comiendo en su mano, podía destruirla en cuanto se lo propusiera. Estaba luchando con uñas y dientes para que eso no sucediera, pero con cada beso que él le daba su voluntad se hundía más y más en las profundidades del deseo.

Siempre había pensado que el haberse casado con Tristan había sido el mayor error que había cometido en su vida, pero en ese momento comprendió que enamorarse de Vinn Venadicci podía ser mucho peor.

Gabby escuchó las palabras llenas de compromiso y lealtad durante la ceremonia y repitió los votos mecánicamente, unos votos que, en aquellas circunstancias, no significaban absolutamente nada para ella.

En la voz clara y profunda de Vinn, sin embargo, sonaron más convincentes, sonaron como si él realmente la amara, como si fuera a tratarla con respeto y con honor el resto de su vida.

Cuando llegó el momento de darse un beso, Gabby se volvió hacia Vinn, cerró los ojos, y sintió cómo los labios de él se posaban suavemente en los suyos. Cada movimiento de aquellos labios parecía una expresión de su triunfo, como si estuviera tomando posesión de algo muy valioso y largamente anhelado.

Ya habían reservado los billetes de avión al complejo St Clair Island, donde iban a pasar la luna de miel. El avión salía en una hora, y las maletas estaban guardadas meticulosamente en el maletero del coche de Vinn.

Durante el trayecto hasta el aeropuerto, Gabby se sentó en silencio sin saber qué decir. Vinn se había quitado la chaqueta del traje a causa del calor, y conducía tranquilo con una mano mientras con la otra le acariciaba de vez en cuando las piernas, excitándola como sólo él era capaz de hacer.

Había consultado en los periódicos el tiempo que iba a hacer aquella semana y había llegado a la conclusión de que un bikini era todo lo que iba a poder ponerse durante el día. Era difícil saber qué llevaría de noche. Si lo dejaba a elección de Vinn, la respuesta era evidente, tendría que pasar todas las noches desnuda.

–¿Cuánto tiempo ha pasado desde la última vez que fuiste a la isla? –preguntó Vinn de repente.

–Fui a principios de este año –respondió Gabby después de pensarlo un poco–. Creo que fue en febrero. Fui a comprobar la nueva decoración, pero sólo me quedé un par de noches.

Aunque Vinn no dijo nada, Gabby se preguntó si estaría pensando que debería haber ido más a menudo para asegurarse de que todo estaba en orden. El nuevo administrador que Vinn había contratado ya había encontrado algunos problemas de contabilidad y de administración que habían hecho crecer el complejo de incompetencia que Gabby ya tenía. A decir verdad, Vinn no lo había utilizado para cebarse con ella. Le había dicho a Mark Vella, el nuevo administrador, que había estado sometida a mucha presión. Durante un momento, Gabby había llegado a pensar que lo había hecho por empatía hacia ella, porque se habían preocupado sinceramente de sus emociones, pero enseguida había descubierto que lo único que había pretendido había sido representar el papel de novio protector.

Tampoco iba a decírselo a Vinn de ninguna de las maneras pero, desde que había dejado de ir a la oficina, sentía como si se hubiera quitado un peso de encima. Sus padres no habían hecho el menor comentario al respecto, únicamente habían declarado su absoluta confianza en el juicio de Vinn.

—De todas formas —había dicho su madre en cierta ocasión—, tu padre se recuperará pronto y podrá volver al trabajo. Además, pronto tendrás treinta años y no puedes dejar pasar demasiado tiempo ya para tener hijos.

—No te preocupes, Pamela —había replicado Vinn pasándole el brazo por la cintura a Gabby—. Nos pondremos a ello enseguida.

Gabby se había sonrojado por el comentario, pero había disimulado a la perfección con la mejor de sus sonrisas.

Vinn entró en el aparcamiento del aeropuerto. A los pocos minutos ya habían facturado las maletas y tenían sus tarjetas de embarque.

Cuando subieron al avión, Gabby tuvo la excusa perfecta para cerrar los ojos y descansar un rato. No sabía cuánto tiempo había pasado cuando abrió los ojos y se encontró apoyada en el hombro de Vinn.

–Oh, lo siento... –dijo apartándose de él como impulsada por un resorte–. Debo de haberme quedado dormida. Espero no haberte estropeado la camisa.

–No te preocupes –sonrió él–. Me gusta oír tus ronquidos mientras duermes.

–Yo no ronco –protestó Gabby.

–¿Cómo lo sabes? –preguntó él frunciendo el ceño–. No has dormido con nadie desde que Tristan murió, o, al menos, eso es lo que dices.

–¿No me crees?

–¿Es que no tienes ni idea de los rumores que corrían sobre ti y tu matrimonio?

–¿Qué rumores? –preguntó ella desconcertada.

–Rumores acerca de tu legión de amantes.

–¿Sabes? Es curioso que me vengas con ésas cuando eres el primero que se niega a dar crédito a lo que se publica en las revistas del corazón. ¿No fuiste tú el que me dijo que aquella mujer de la fotografía era sólo una amiga?

–¿Estás diciendo entonces que los rumores son infundados? –preguntó Vinn mirándola expectante.

Gabby se preguntó si debía contarle lo que realmente había sucedido durante su matrimonio con Tristan, pero dos cosas decidieron en contra. Por un lado, estaban rodeados de gente, no era el lugar adecuado. En segundo lugar, había sido el propio Vinn quien más le había aconsejado en contra de aquel matrimonio. No podía darle más munición contra ella para que la utilizara a discreción cuando le diera la gana. Ya había pagado con creces el error.

–Lo único que estoy diciendo es que no deberías

creerte todo lo que lees en esas revistas —repitió ella—. Siempre hay varias versiones de la misma historia.

—Siempre he oído que, en realidad, hay tres, la del marido, la de la esposa, y la verdad.

Gabby respiró aliviada cuando el piloto anunció por los altavoces que estaban llegando a su destino. Se irguió en su asiento, se puso el cinturón de seguridad y miró el intenso azul del mar por la ventanilla.

Había muchas islas en aquella región pero, para ella, ninguna era tan bonita como St Clair Island. Tenía hermosos recuerdos de la isla, recuerdos de cuando era niña, de cuando jugaba con su hermano por todas partes haciendo castillos de arena, corriendo de un lado para otro o metiéndose en todas partes sin permiso.

Durante unos instantes, la nostalgia se apoderó de ella. Sintió que las lágrimas empezaban a derramarse por sus mejillas y tuvo que secárselas y hacer un enorme esfuerzo por contenerse. A Blair siempre le había gustado la isla. De hecho, aunque ya hacía años de su muerte, todavía era difícil imaginarse siquiera aquel lugar sin él, saber que nunca más volvería para dar un paseo con ella por la playa.

Vinn extendió el brazo y tomó su mano.

—¿Estás bien?

—Sí... —respondió ella ocultando sus emociones—. Los aterrizajes siempre me ponen un poco nerviosa.

—Yo también le echo muchísimo de menos, cariño —dijo sin embargo Vinn—. Era un amigo extraordinario.

–Eras como un hermano para él –dijo ella–. Tenía tantos celos de vosotros... De los ratos que pasabais juntos... Después de tantos años parece algo muy infantil, pero...

–Eras sólo una niña –dijo Vinn apretando su mano–. Una niña un poco maleducada, pero una niña al fin y al cabo. La culpa no fue tuya. No voy a pasarme toda la vida echándotelo en cara.

Gabby le miró y se preguntó si estaba hablando en serio. Al fin y al cabo, ¿no estaba basado aquel matrimonio en eso, en la venganza?

Capítulo 8

LOS ADMINISTRADORES del complejo vacacional, Judy y Garry Foster, les dieron una
calurosa bienvenida. Garry tomó los equipa-
jes y, después de recorrer el lugar para que Vinn lo
conociera mejor, Judy les mostró su habitación, una
suite de lujo con vistas a una playa privada.

Había una enorme piscina, un spa, una sauna y
todo tipo de lujos.

—Si necesitáis algo, avisadnos —les dijo Judy.

—Muchas gracias —dijo Vinn sonriendo mientras
le abría la puerta a Gabby.

Cuando se quedaron solos, Vinn se volvió hacia
ella, la miró fijamente y Gabby se echó a temblar.

—¿Te apetece un baño? —propuso él.

—Mmm... —respondió ella—. Sí.

Las maletas de ambos estaban juntas pegadas a la
cama. La idea de compartir la habitación con él le
llenaba de nervios. Nunca había compartido una habitación con nadie, ni siquiera con Tristan. Su difunto marido había insistido incluso en tener un
cuarto de baño personal para él, una necesidad que
no había comprendido bien hasta unos meses antes
de su muerte, una tarde en que había entrado en
busca de un poco de gel y había descubierto un bi-

llete de veinte dólares enrollado y unos polvos blancos sobre el mármol de la encimera.

No había sido un golpe demasiado duro para ella descubrir que su marido esnifaba cocaína habitualmente. Lo que más le había impactado había sido el que ella no se hubiera dado cuenta antes. Sus extraños cambios de humor, su comportamiento errático, todos eran síntomas del consumo de aquella droga que también se había cebado con su hermano, Blair. Al igual que sus padres, ella tampoco había querido aceptar lo que había tenido delante de sus ojos durante tanto tiempo, había sido una mentira más que había introducido en su vida junto con todas las demás.

–Te dejaré sola para que puedas cambiarte –dijo Vinn desde la puerta–. Voy a echar un vistazo al gimnasio.

–Oh... Gracias –dijo ella sacando de su maleta un bañador.

La puerta se cerró y Gabby respiró aliviada.

La playa privada de que disponía la suite tenía unos doscientos metros de largo y estaba oculta del resto de la costa por dos enormes promontorios de roca. Gabby nadó un buen rato de un lado para otro disfrutando del agua salada recorriendo su piel. En el fondo, a muy poca profundidad, había cientos de peces tropicales de colores. El agua estaba tan limpia como el cristal, y la arena del fondo era tan fina que casi parecía polvo.

Estaba bastante lejos de la orilla cuando, de repente, una sombra negra se acercó a ella. Se asustó por un instante hasta que reconoció a Vinn.

—No deberías haber venido tan lejos tú sola –dijo nadando a su lado–. Podría ser muy peligroso.

—Sé nadar muy bien –replicó ella sin inmutarse.

—Da igual que nades bien o mal cuando se trata de una marea o un pez agresivo, cariño –le advirtió él.

—A ti no parece importarte estar tan lejos de la orilla –dijo ella en tono desafiante.

—Eso es porque casi nunca lo hago –replicó él–. En ninguna situación.

Vinn se acercó a ella y la besó suavemente. Sus labios se tocaron y pudieron sentir el olor de la sal mezclado con el de sus cuerpos. Gabby sintió la lengua de él explorando su interior, jugando con la suya, y se dio cuenta de que ya no le hacía falta mover los brazos para mantenerse a flote, ya que Vinn la tenía sujeta entre sus brazos. Le rodeó con los suyos y le besó apasionadamente. Podía sentir su miembro erecto contra su vientre con tanta fuerza que casi le costaba respirar.

—¿Sabes lo cerca que estoy de quitarte el bañador y hacerlo aquí mismo? –le preguntó él lleno de deseo a punto de estallar.

—¿Crees que sería buena idea aquí, delante de todo el mundo? –replicó ella con la misma urgencia, con el mismo deseo temblándole en la voz.

—Ahora mismo, me da igual quién nos vea o deje de vernos –respondió él–. Pero, por si acaso, deberíamos entrar en la casa.

Gabby estaba temblando entre sus brazos, pero

no de frío, sino de placer. Era un halago para él darse cuenta de que ella le deseaba tanto como él a ella. Y la deseaba. La deseaba con cada parte de su cuerpo, llevaba soñando con ella toda su vida, noche tras noche imaginándose sus largas piernas alrededor de su cuerpo y sus manos arañándole la espalda, odiándose a sí mismo por haber sido tan débil en todo lo relacionado con ella, sabiendo que nunca estaría completamente satisfecho hasta que fuera suya.

La tomó de la mano y salieron del agua. A Gabby se le marcaban los pezones en un bikini que ahora parecía minúsculo, a punto de estallar por la presión y la excitación. Vinn no podía hacer otra cosa que seguirla con la mirada. Quería poseerla, quería hacerla suya, quería que, desde aquel día, no volviera a estar con nadie más que con él, quería que fuera suya de la forma más básica y primitiva posible, quería ser el padre de sus hijos.

En el bungalow donde estaban alojados hacía un poco de frío, pero Gabby estaba tan excitada que ni siquiera se dio cuenta. En cuanto él cerró la puerta, ella se echó a temblar. Había conseguido excitarla completamente. Ya no era capaz de negarle nada.

Aunque no se lo había dicho con palabras, aunque había quedado flotando en el aire, de alguna manera, sabía que Vinn no iba a ser la decepción que había sido Tristan.

El cuerpo de Vinn exudaba sexo por todos sus poros. No había duda de que debía de haberse acostado con muchas mujeres, que había hecho con ellas cosas que ella jamás había siquiera imaginado, pero allí estaba, con ella, excitado y deseándola.

La parte superior de su bikini fue lo primero en caer al suelo. Vinn se la quitó violentamente, dejando sus senos endurecidos y sus pezones erectos al descubierto. Empezó a besarlos sin poder esperar más, y Gabby sintió la aspereza masculina de su barbilla rozando su delicada y suave piel. Mientras lo hacía, buscó los nudos que mantenían firme la parte inferior del bikini, los desató y la dejó desnuda completamente.

—Eres tan hermosa... —murmuró con una voz llena de pasión—. Tan hermosa...

—Yo también quiero verte —dijo ella con voz ahogada.

¿Había sido ella la que había pronunciado aquellas palabras? ¿Había admitido tan abiertamente lo mucho que le deseaba?

—Soy todo tuyo —dijo él levantando los brazos como si se estuviera rindiendo—. Haz los honores.

Gabby no necesitaba que se lo dijera dos veces. Con las manos temblando, le bajó poco a poco el bañador y le miró. Era grande, más grande de lo que había imaginado, y estaba dura, más dura de lo que era posible pensar.

Sus manos tomaron su miembro y empezaron a acariciarlo poco a poco, lentamente, como si estuvieran descubriendo un territorio desconocido, una y otra vez.

—Dios... Me gusta... —dijo él cerrando por un momento los ojos—. Pero es mejor que no sigas hasta el final.

Gabby se estremeció. No estaba acostumbrada a aquel torrente de pasión, a aquella furia de los sentidos. Entonces, hizo lo que cualquier mujer hubiera hecho en aquella situación. Se pegó a él y le besó con deseo, demostrándole que también ella estaba excitada.

Vinn respondió exactamente de la forma que ella había supuesto. La tendió sobre la cama, se echó sobre ella lentamente y la penetró.

A pesar de lo excitada que estaba, a Gabby le dolió un poco.

Vinn se dio cuenta y empezó a aflojar el ritmo.

—¿Estoy yendo demasiado deprisa? —le preguntó.

—No... Es sólo que... Hace mucho tiempo que...

Vinn odiaba recordar que otro hombre había hecho aquello con ella. Le hervía la sangre sólo de pensar que aquella sanguijuela la había poseído, que había tenido entre sus brazos lo que él había deseado durante tanto tiempo.

Estaba decidido a que se olvidara de él. Haría todo lo que estuviera en su mano para darle tanto placer que Tristan pasara a ser un mal recuerdo. Iba a transportarla al paraíso.

—Lo haré más despacio —dijo besándola suavemente—. Tranquila, cariño, confía en mí, no te pongas nerviosa.

Empezó a moverse lentamente, pero notaba que ella no estaba tranquila. Podía sentirlo, estaba muy tensa.

—Eso es, muy bien —dijo intentando animarla—. Lo estás haciendo muy bien, Gabriella. Así, despacio...

Gabby empezó a sentir como si sus huesos se estuvieran derritiendo. Era tan masculino, tan fuerte, y tan caballero... Podía sentirle en su interior, moverse lentamente, cada vez a más profundidad. Empezaba a temblar, pero el placer no era lo suficientemente intenso como para hacerle olvidar el dolor que sentía.

Entonces, Vinn deslizó su mano hacia su vientre y empezó a masajearle su lugar más íntimo. Gabby sintió una dulce oleada de placer ascender por su cuerpo, la resistencia empezó a ceder un poco y se encontró de repente en lo alto de un precipicio, a punto de caer.

El miedo a dejarse llevar le hizo dar marcha atrás.

–Vamos, cariño –dijo él suavemente–. No te aguantes. Déjate llevar.

Gabby lo intentó, intentó apartar de su mente las sombras que la amenazaban.

–No puedo... –murmuró a punto de echarse a llorar–. Lo siento... No puedo...

–Está bien –dijo él frenando el ritmo–. No te preocupes... Tómate tu tiempo.

–No puedo hacerlo –dijo ella sonrojándose de vergüenza–. Nunca he sido capaz de hacer esto.

Vinn frunció el ceño y la miró.

–¿Qué estás diciendo, Gabriella?

Ella quiso que se la tragara la tierra en aquel mismo momento.

–¿Me estás diciendo que nunca has tenido un orgasmo?

Gabby asintió tímidamente mientras las lágrimas recorrían sus mejillas.

–¿Te ha gustado?

Entonces, Vinn pensó en todo lo que estaba pasando. Pensó en su reacción, en la forma hostil con que ella le había recibido...

–¿Te hizo daño ese bastardo? –le preguntó de repente.

Ella no respondió, pero la cara que puso fue suficiente para él. Vio el miedo reflejado en sus ojos. Vio sus pupilas temblando y sus manos endureciéndose.

Salió de ella lo más suavemente posible.

–Lo siento, Gabriella. Nunca habría permitido que las cosas hubieran llegado tan lejos de haberlo sabido.

–No es culpa tuya, Vinn –dijo ella–. Quería saber qué se sentía. Quería que me hicieras disfrutar. He estado tan cerca... Sé que puedo conseguirlo... Contigo puedo conseguirlo.

Vinn la miró. Había estado casada durante cinco años con aquel hombre y no había experimentado nada parecido al placer. ¿De qué demonios había estado hecho aquel idiota?

–No quiero hacerte daño –le dijo, a pesar de que se moría de deseo por ella, a pesar de lo excitado que estaba.

Vinn la penetró de nuevo muy lentamente.

–Dime cómo quieres que lo haga, ve diciéndome.

–Te necesito a ti –dijo ella pasando las manos por su espalda–. Nadie me había hecho sentir así nunca.

Gabby suspiró cuándo sintió que él empezaba a moverse, lentamente, despacio, pensando en ella, comprobando lo que necesitaba en cada momento, midiendo sus respuestas a partir de las reacciones de su piel y de su rostro.

Supo enseguida cuándo empezó a ascender el deseo en ella. Pudo sentirlo en los temblores de su cuerpo, en la forma en que le sujetó con los brazos, en el éxtasis reflejado en su rostro. Sintió el primer estallido como si se tratara de un volcán. Ella empezó a gritar y su cuerpo empezó a tener espasmos, como si poderosas ondas superficiales estuvieran recorriendo su cuerpo. Aquella furia que había estado aletargada durante tanto tiempo provocó tal excitación en él que llegó súbitamente al clímax y con una intensidad que nunca antes había experimentado. Se derrumbó sobre ella exhausto, incapaz de mover un solo músculo de su cuerpo.

Cuando finalmente reunió fuerzas para mirarla, vio que estaba llorando. Aquellas lágrimas le conmovieron indescriptiblemente.

—Eres increíble —susurró él—. Eres absolutamente increíble.

—Yo no... No sabía lo maravilloso que era esto....

—Es todavía mejor cuando aprendes a dejarte llevar, de esa manera descubres lo que tu cuerpo necesita, lo que a tu cuerpo le gusta.

Gabby le miró insegura.

—¿Te ha gustado? —le preguntó nerviosa.

—¿Acaso lo dudas, cariño?

Gabby empezó a acariciar la cicatriz que le partía en dos la ceja.

—Siempre me he sentido un desastre en... Bueno, en estas cosas —dijo en voz baja—. Tristan nunca llegó a tocarme en el tiempo que estuvimos juntos antes de la boda, aparte de un par de besos en la mano y poco más. Siempre me decía que prefería esperar a que estuviéramos casados... –continuó Gabby, haciendo una pausa para respirar profundamente–. No supe que tenía otras relaciones hasta un tiempo después. Nunca dejó de tenerlas.

Vinn la miró intentando asimilar lo que acababa de decirle.

–¿Cuándo lo descubriste?

–Justo después de habernos casado –dijo ella apartando la mirada por vergüenza–. Un día entré en su despacho y le encontré... en una situación comprometida.

–¿Cómo de comprometida?

–Bueno... –dijo ella sonrojándose y sin mirarle a los ojos–. Su secretaria estaba satisfaciéndole, digámoslo así.

Vinn maldijo, se levantó de la cama y empezó a dar vueltas por la habitación.

–Por el amor de Dios, Gabriella, ¿por qué no se lo dijiste a nadie? El matrimonio podría haberse anulado, todavía estabas a tiempo.

–Mis padres habían pasado una mala racha –dijo ella con los ojos húmedos–. No quería que tuvieran que vivir otro escándalo. Mamá estaba muy orgullosa de mí, había dejado los tranquilizantes y las pastillas... ¿Qué podía hacer? ¿Hundirla de nuevo contándole la verdad? No, no podía hacerlo.

–Juro por Dios que, de haber estado cerca, no lo habría permitido –afirmó Vinn furioso–. Pero te aseguraste de que estuviera bien lejos de ti, ¿verdad?

–No quería que montaras otra escena, Vinn –dijo ella–. No quería que mamá y papá se preocuparan más.

–¿Te contó tu marido alguna vez que fue él quien me hizo esto? –le preguntó Vinn señalando su cicatriz.

Gabby se quedó blanca.

–No... No... No puede ser....

–Llamó a unos cuantos matones y entre todos me dieron una buena paliza. Antes de marcharse, él se acercó a mí, me hizo esta cicatriz y me dijo que era un regalo de tu parte.

Capítulo 9

ABBY creyó que se iba a desmayar.

Era incapaz de moverse ni de hablar. Las palabras se habían atascado en su garganta y no podían moverse. Vinn había sido brutalmente golpeado por unos matones contratados por Tristan y había vivido todos aquellos años pensando que todo había sido organizado por ella. Era cierto que el día de su boda había hablado con Tony Malvern por teléfono, el jefe de seguridad de su padre, y le había pedido que se asegurara de que Vinn no asistía a la boda, pero en ningún momento le había dicho que usara la violencia y mucho menos que le atacara sin mediar provocación. Además, Tony jamás habría hecho nada parecido, era un hombre maravilloso y un fantástico padre de familia incapaz de cometer un acto de cobardía como ése. Lo único que ella había hecho había sido informarle de que Vinn no era bienvenido.

–¡No! –gritó ella–. ¡Yo no le ordené a nadie que te hiciera daño! ¿Por qué habría tenido que hacerlo? ¿Por qué motivo?

–Reaccionaste contra mí desde el mismo momento en que puse el pie por primera vez en la propiedad de tus padres. Estuviste años mirándome por encima del hombro, con todo el desdén de que eras capaz. ¿Ya no te acuerdas de lo mucho que te gustaba ponerme en ridículo, reírte de mí delante de todas tus amigas?

–Sé que me porte muy mal contigo –respondió ella avergonzada de sus actos–. Ya te he contado lo celosa que estaba por la relación que tenías con mi hermano. Nunca tenía tiempo para estar conmigo cuando tú estabas cerca.

–Nunca pareció importarte que pasara tiempo con el resto de la gente, sólo te molestaba que lo hiciera conmigo. Hasta veías bien que estuviera con tu difunto marido.

–Eso era distinto. A Tristan le conocíamos de toda la vida, desde pequeños, estaba acostumbrada a verle por todas partes.

–¿Niegas entonces que le pidieras a Glendenning que impidiera mi asistencia a la ceremonia?

–Por supuesto que lo niego –respondió Gabby–. Admito que hablé con Tony Malvern, el jefe de seguridad de mi padre, pero sólo le dije que no te dejara entrar en la iglesia, nunca le dije nada a Tristan.

Vinn la miró durante unos segundos intentando valorar si decía la verdad o no. Tony ya no trabajaba para Henry, se había retirado a causa de un problema de salud, pero Vinn siempre le había considerado como un trabajador honesto, padre de familia, alguien que había ejercido su misión de vigilancia y protección con gran profesionalidad.

–¿Pudo escuchar alguien tu conversación con Tony?

–No lo sé –respondió dubitativa–. Estaba enfadada No me paré a mirar a mi alrededor para comprobar si alguien me estaba espiando.

–Lo que es seguro es que fue Tristan.

–Cuando volví de la luna de miel, me dijeron que te habías emborrachado –recordó ella–. Me dijeron que habías salido a tomar unas copas y te habías enzarzado en una pelea callejera que te había llevado al hospital. Si estás diciendo la verdad y todo fue idea de Tristan, ¿por qué no le denunciaste?

–¿Y hacer pasar a tus padres por un escándalo que, además, salpicaba a su preciosa y única hija? –preguntó con ironía–. No sé cuál será tu opinión sobre este tipo de cosas, Gabriella, pero a mí me gusta guiarme por mi sentido del honor.

Gabby no sabía qué pensar ni qué sentir. Vinn había estado odiándola durante todos aquellos años por algo que ella no había hecho, y aun así, no había dicho nada para protegerla a ella y a su familia. Nunca había sacado el tema delante de nadie, al menos sus padres no lo habían sabido nunca. Había acumulado su furia día tras día, esperando el momento en que pudiera tomarse la revancha. Al acudir a él aquel día en busca de ayuda financiera, le había servido la ocasión en bandeja.

–¿Por eso has querido que me casara contigo? ¿De eso se trata? ¿Quieres hacerme pagar por la paliza que crees que te dieron por mi culpa? ¿Por eso quieres atarme a un matrimonio sin amor y sin respeto?

–Ya te he contado cuáles son mis razones –dijo él.

–Oh, claro... Te has sentido atraído físicamente

hacia mí desde el primer día que nos conocimos y has estado esperando el momento para cumplir tu sueño, ¿no es eso?

—No creo haberte oído protestar hace un momento —dijo él—. En realidad, creo recordar que has llegado a suplicarme que te hiciera el amor.

Gabby se dio la vuelta furiosa, incapaz de escapar a la desesperada necesidad de tocarle, de tenerle dentro de ella, de abandonarse al placer que sentía entre sus brazos. Estaba tomándose la píldora, de lo contrario, podría haberse quedado embarazada allí mismo.

Por otro lado, aunque las razones para contraer matrimonio con ella no podían haber sido más lamentables, no le cabía la menor duda de que Vinn podía ser un padre extraordinario. De joven había querido a su madre más que a cualquier otra persona en el mundo, había sacrificado muchas de sus ambiciones por estar a su lado y cuidarla.

—¿No tienes nada que decir, Gabriella? —le preguntó desafiándola—. ¿No te quedan ya insultos que lanzarme a la cara?

—Vinn, siento mucho lo que te pasó aquella noche, de verdad —dijo ella—. Sé que no me crees, pero yo no tuve nada que ver en ello. Puede que Tristan escuchara mi conversación con Tony pero, incluso si no lo hubiera hecho, tenía motivos más que suficientes para impedir que asistieras a la ceremonia.

—¿Como cuál?

—A veces me he preguntado si nos vio besándonos aquella noche.

—En caso de ser cierto, comprendo que estuviera

celoso, porque él nunca hubiera conseguido que le respondieras físicamente como me respondiste a mí. No podría culparle. He pensado en aquel momento una y otra vez a lo largo de estos años y siempre he llegado a la misma conclusión, nadie me ha hecho sentir nada parecido en toda mi vida.

Las palabras de Vinn acariciaron el corazón de Gabby como si fueran miel derramándose por su piel. También ella había recordado aquel beso todas las noches. ¿Cómo reaccionaría él si le dijera cuánto había pensado en ello, lo viva que se había sentido entre sus brazos, con su cuerpo pegado al suyo?

Se había sentido atraída por él durante mucho tiempo, pero se había reprimido estoicamente.

De hecho, siempre había estado enamorada de él, pero había sido demasiado orgullosa y había tenido demasiado miedo de admitirlo.

No podía seguir engañándose a sí misma.

Estaba enamorada de él.

Había sentido aquella intensa atracción por él desde el principio. Había reconocido en él al hombre que podía hacerla feliz, satisfacer sus necesidades, pero le había apartado de su vida por inseguridad, por miedo y por orgullo.

¿Habrían reaccionado mal sus padres de haberles dicho los sentimientos que tenía hacia Vinn? No habían dicho nada malo cuando les había comunicado su decisión de casarse con él, todo lo contrario. Incluso su madre, la más recalcitrante de los dos, le había dado la bienvenida a la familia St Clair.

Blair había sentido verdadera devoción por él, habían sido amigos, camaradas y compañeros.

–¿Pasa algo? –le preguntó él–. Estás pálida.

–Estoy bien... –respondió ella intentando poner en orden sus pensamientos–. Sólo estaba dando vueltas a todo esto para intentar comprenderlo.

–Cualquier cosa que sucediera en el pasado no tiene que condicionarnos ahora. Si tú dices que no tuviste nada que ver con aquello, yo tendré que creerte.

–¿Cómo vas a ser capaz de hacerlo si no confías en mí? Nunca podrás estar seguro.

–Me doy por satisfecho sabiendo que no participaste directamente en ello. Además, no sería bueno que nuestros futuros hijos creyeran que su madre es capaz de hacer ese tipo de cosas.

–Pareces tener mucha prisa en tener un descendiente. ¿Qué pasa si resulta que no soy fértil? ¿Y si no puedo tener hijos?

–¿Tienes algún motivo para pensar eso?

–¿Me liberarías de este compromiso si fuera cierto? –preguntó ella levantándose de la cama y tapándose con la sábana.

Vinn la miró pensativo unos segundos.

–No –respondió finalmente–. Si no puedes tener hijos de forma natural, exploraremos otras opciones.

–¿Qué pasa si no quiero tener un hijo ahora mismo? –preguntó ella desafiándole–. Es más, ¿qué pasa si no quiero tener hijos nunca?

Se hizo un silencio denso e incómodo entre ambos.

–¿No quieres ser madre? ¿Es que tienes algún tipo de aversión a los niños?

–No, claro que no... A lo que tengo aversión es a vivir la vida en función de los deseos y los planes de otra persona.

–Tener hijos es una decisión que debe tomarse conjuntamente –dijo él muy serio, cruzando los brazos y apoyándose contra la pared–. Si no estás preparada, esperaremos.

–Ni siquiera te caigo bien, ¿cómo puedes querer tener hijos conmigo? –preguntó Gabby irritada.

–Porque siempre te he deseado, Gabriella. Eres mi otra mitad, la persona que me complementa. La complicidad con la que hemos hecho el amor lo demuestra. Siempre supe que sería así.

–¿Y si Tristan no hubiera muerto? ¿Habrías intentado vengarte a pesar de todo?

–Eso habría dependido de ti –respondió Vinn–. La noche antes de tu boda fui a tu casa para descubrir algo, y lo hice. No estabas más enamorada de él de lo que él lo estaba de ti. De lo contrario, no me habrías besado de aquella manera.

–¿De modo que besarme fue una especie de experimento? –preguntó ella en tono de reproche.

–Fue una tentación a la que no me pude resistir –dijo avanzando hacia ella y poniendo las manos sobre sus hombros–. Igual que ahora. Quiero sentir cómo tiemblas al besarte, cómo te entregas a mí. Te deseo, y quiero todo de ti, Gabriella.

Vinn se inclinó desnudo sobre ella, que sólo estaba cubierta por la sábana, a través de la cual se marcaban sus duros pezones. Su boca se abrió para recibirle y ambos se fundieron en un apasionado beso que provocó una explosión en sus cuerpos, como dos motores que se hubieran encendido y hubieran empezado a bombear lava por sus venas.

–Te deseo, quiero que te entregues a mí otra vez

—murmuró él entre los labios de ella mientras sus manos retiraban la sábana.

—Yo también te deseo —dijo ella extendiendo las manos para atraerle, para sentir su cuerpo junto al de ella—. Quiero que me llenes de placer. Hazme sentir bien de nuevo.

A Vinn no le hacía falta que le insistiera demasiado. Estaba tan excitado como ella, quería dejarse llevar y recibir a través de sus sentidos todo el deseo que fuera posible atrapar. Era como si hubiera abierto un cofre y se hubieran desatado miles de salvajes sensaciones. Quería experimentarlas todas, quería ver el deseo reflejado en los ojos de ella, verla sucumbir al placer y hundirse junto a ella en las profundidades.

—Vinn... —murmuró ella mientras le recorría el cuello con los labios.

—No hables, pequeña —dijo tomando su cara entre las manos y besándola—. Sólo siente.

Gabby estaba completamente fuera de control. La forma en que Vinn la besaba estaba desatando de nuevo todas las ataduras, todos los prejuicios del pasado, todo lo que se interponía entre ella y el placer. Sólo era capaz de pensar en aquel instante, en Vinn deslizándose por su piel, en su propio cuerpo, que amplificaba cada uno de los besos que él le daba y los propagaba como si fueran ondas poderosas que hicieran temblar los cimientos del universo.

Vinn tomó sus manos, las sujetó con fuerza y la apoyó contra la pared mientras la besaba. Gabby recostó la cabeza contra la pared sintiendo cómo Vinn bajaba poco a poco por su cuerpo y devoraba sus pezones.

–He deseado esto desde hace tanto tiempo... –dijo sin dejar de jugar con sus senos–. No creo que exista un hombre en este mundo que haya deseado tanto a una mujer como yo.

Gabby sabía que sólo estaba hablando de atracción física, pero al menos no estaba mintiendo, al contrario de lo que había hecho Tristan. Aun así, una punzada de decepción anidaba en su interior. ¿Iba a permitir que su vida quedara atada a un hombre cuyo único deseo era explotarla sexualmente? ¿Estaba condenada a no ser amada de verdad por nadie? Necesitaba sentirse segura, necesitaba sentir a su lado el calor del cariño, de una ternura que no se disipara con el tiempo. ¿Podía seguir adelante con aquel acuerdo suicida y traer hijos al mundo sin que sintiera el más mínimo sentimiento entre ellos, aparte del deseo físico?

–Vinn... –dijo ella tomando su cara entre las manos para intentar detenerle antes de que fuera demasiado tarde.

–¿Tenemos que hablar ahora mismo, cariño? –preguntó él en pleno desenfreno.

–¿Todavía me odias?

–¿Odiarte? –repitió él mirándola–. He sentido muchas cosas hacia ti, pero odio nunca.

–¿Ah, no? –preguntó ella.

–Si te odiara, no estaría aquí ahora mismo, Gabriella.

–Pero no me quieres, ¿verdad?

–Es una pregunta muy peligrosa –contestó él–.

¿Es necesario que te quiera para que podamos acostarnos juntos? ¿Puedo decirte un par de frases bonitas y volver a donde lo hemos dejado?

Gabby se sintió decepcionada, no podía evitarlo.

–No puedo desconectar mis sentimientos sin más, y creo que tú tampoco puedes –dijo ella–. Me haces el amor como si veneraras cada uno de mis gestos, cada una de mis sonrisas, pero luego afirmas no sentir el más mínimo afecto por mí. ¿Cómo quieres que me lo tome?

–¿Quieres que te diga que te quiero? –le preguntó él alzando los hombros–. ¿Es eso lo que quieres? ¿Quieres que simule sentir ese tipo de afecto por ti?

–No, no quiero que lo simules, por supuesto que no –dijo ella intentando no echarse a llorar.

«Quiero que me quieras de verdad», pensó.

–¿Por qué de repente es tan importante lo que siento o dejo de sentir por ti?

–Porque prácticamente cualquier mujer de este planeta quiere sentir la más mínima seguridad de que el hombre que está a su lado la quiere por algo más que por su cuerpo. De lo contrario, se siente degradada, deshumanizada y vacía.

Vinn se apartó de ella, tomó una toalla que había en el suelo y se la puso alrededor de la cintura. Gabby se sintió completamente abandonada.

–¿Eso es lo que crees que estoy haciendo? –preguntó él mirándola fijamente–. ¿Intentar aprovecharme sexualmente de ti sin importar cómo te sientas? ¿Acaso la última media hora te ha hecho ver la clase de persona que soy?

–Te casaste conmigo porque querías acostarte conmigo –respondió ella–. Soy el trofeo que todavía no tenías en la estantería. Sabías que nunca me habría casado contigo, de modo que aprovechaste la primera oportunidad para chantajearme con el dinero.

–No voy a negar que te he deseado durante mucho, mucho tiempo –dijo él–, pero no confundamos las cosas, por favor. Tú también me deseas, y no veo por qué hemos de fingir unos sentimientos que no tenemos con la intención de sentirnos mejor mientras hacemos el amor.

–Creo que nunca admitirás querer a nadie, incluso cuando lo sientas de verdad –replicó ella–. Te da miedo sentirte vulnerable delante de otra persona, ¿verdad? No quieres darle a una mujer ese poder sobre ti, y mucho menos a mí.

–¿Eso es lo que crees? –preguntó Vinn–. ¿Crees de veras que durante todos estos años he sentido un frustrado amor por ti y que ahora no quiero expresarlo en voz alta para no darte munición que lanzarme a la cara?

Gabby ya no sabía qué pensar. Allí estaba, desnuda delante de él, suplicándole que confesara algún tipo de sentimiento cuando era evidente que no tenía ninguno. Era una idiota romántica llorando por que saliera una luna llena que jamás brillaría para ella. Nunca antes se había sentido tan vulnerable, tan avergonzada y tan humillada.

–Me gustaría estar sola –dijo tapándose con la sábana.

Vinn no quería dejarla sola de aquella manera, triste, abatida y a punto de echarse a llorar, pero no podía hacer nada, no podía quedarse allí.

El primer sentimiento que había experimentado hacia ella cuando la había visto por primera vez había sido algo muy parecido al amor, pero ella lo había ensuciado y dinamitado con su condescendencia, con sus aires de superioridad y su desprecio. Durante muchos años, la venganza había sido su único objetivo. Pero ahora que la tenía delante, no estaba seguro de nada.

Tenía que reflexionar sobre lo que estaba pasando. Desde que había entrado en su oficina no había dejado de expresar el odio que sentía hacia él. Sin embargo, había caído entre sus brazos y se había acostado con él. ¿Cómo era posible?

Dos millones cuatrocientos mil dólares eran un argumento poderoso, no podía negarse. Él había salvado su precioso negocio familiar y le había dado algo que su difunto y despreciable marido nunca le había dado. Las mujeres eran así. Era tener un buen orgasmo y de repente enamorarse de uno como por arte de magia. ¿Acaso era la primera vez que una mujer le había dicho algo semejante movida por el deseo?

—Creo que voy a darme un baño —dijo él poniéndose el bañador—. Te veré luego.

Al darse la vuelta para abrir la puerta, Vinn oyó el ruido de las sábanas, como si ella estuviera haciendo algo ajena a él, como si no le importara lo que él pudiera hacer o dejar de hacer.

Se lo merecía, no podía negarlo.

Capítulo 10

CUANDO Gabby se despertó, la habitación estaba a oscuras y había alguien a su lado. Abrió los ojos y vio a Vinn sentado junto a la cama.

–¿Qué hora es? –le preguntó con una voz deliberadamente fría, aunque no era eso lo que sentía en ese momento.

–Las nueve pasadas.

–Oh...

–Podemos cenar en el restaurante o podemos llamar al servicio de habitaciones, lo que prefieras –dijo levantándose de la butaca y estirándose.

Gabby se preguntó cuánto tiempo habría estado allí sentado en silencio.

–¿Crees que me daría tiempo a refrescarme y arreglarme un poco antes de que cierre el restaurante? –preguntó ella.

–Gabriella, puede decirse que eres la dueña de este lugar. Si quieres que esperen mientras te arreglas, lo único que tienes que hacer es llamar y decírselo.

–No te burles de mí, Vinn –dijo ella tapándose con la sábana–. Ahora no.

–¿Crees que estoy burlándome de ti?

–Mira, sé que no tengo la mejor mente del mundo para los negocios, pero al menos he intentado llenar el vacío que dejó mi hermano lo mejor que he podido.

–¿Por eso quisiste este trabajo? ¿Para ocupar el lugar de Blair? ¿Lo hiciste aunque no era lo que querías?

–En la vida uno hace lo que tiene que hacer –respondió ella a la defensiva–. No hay vuelta atrás.

–¿Qué quieres decir?

–Mis padres dependían de mí, Vinn. ¿Has creído por un momento que habría acudido a ti en busca de ayuda si no hubiera sido por ellos? Sólo lo hice por ellos. Si estoy aquí, es por ellos Soy lo único que les queda.

–¿De modo que has decidido sacrificarte?

–Son tus palabras, no las mías.

–Pero es como tú lo ves, ¿verdad? Tú, la princesa de la familia, sacrificándote por la causa al casarte con alguien de segunda clase.

–Yo nunca te he visto así.

–Buen intento, rubia. ¿Sabes? Casi me habías convencido, pero ahora veo que, para ti, nunca dejaré de ser el hijo de una empleada, de la mujer que limpiaba tu casa. ¿Cómo te sientes al haberte casado con un desclasado como yo, cariño?

–Las perspectivas de estar contigo son mucho mejores que los años que pasé con Tristan. A no ser, claro, que a tus insultos y tus descalificaciones vayas a añadir algún puñetazo de vez en cuando.

Vinn la miró en silencio, horrorizado.

–¿Quieres decir que....? ¿Te pegó ese malnacido?

–Bueno... No era algo que sucediera con mucha frecuencia, la suficiente para tenerme aterrorizada. Era una relación de poder. Yo no era la mujer que él quería. Sus padres nunca hubieran aceptado que tuviera relaciones extraconyugales, de modo que me pegaba para desahogarse y soltar su furia.

–¿Por qué diablos no dijiste nada? –preguntó él furioso–. Por el amor de Dios, Gabriella, ¿cuántos años estuviste así?

–Estuve a punto de decírselo a mis padres muchas veces, pero no quise hacerles daño. Mis padres adoraban a Tristan, era como un hijo para ellos, como el hijo que habían perdido. Se había portado muy bien con ellos después de la muerte de Blair. Les había ayudado a organizar el entierro... Y luego estaban sus padres. Tenían una posición social que mantener, para ellos las apariencias eran lo más importante. ¿Cómo crees que habrían reaccionado si hubiera hecho públicos esos maltratos?

Vinn se dio cuenta de que Gabby había vivido muchos años entre la espada y la pared. La familia Glendenning habría hecho todo lo posible para que un escándalo así no se hubiese sabido. No habrían permitido que ensuciara su buena reputación. Gabby había soportado en silencio una paliza tras otra, le había servido a Tristan como válvula de escape mientras él había creído durante todos aquellos años que había sido ella la responsable de la paliza que le habían dado.

–Lo siento –dijo Vinn como si miles de espinas estuvieran rasgándole la garganta–. Ojalá hubiera sabido lo que estaba pasando. Ojalá hubieses acudido a mí en busca de ayuda.

–Tú eras la última persona a la que podía acudir, Vinn. Me habías advertido de lo que podía pasar la noche antes de la boda, pero yo fui demasiado orgullosa y no quise escucharte. Cuando me di cuenta del error que había cometido, ya no tenía fuerzas para soportar más recriminaciones. No quería escuchar de ti un «te lo dije».

–Todo el mundo comete errores en la vida, cariño –dijo él acariciándole las mejillas–. Yo mismo he cometido muchísimos, bien lo sabe Dios. Pero gracias a la ayuda y al apoyo de personas como tu padre he conseguido salir adelante y superar los problemas.

–Algunos errores no pueden superarse. Después del suicidio de Blair me sentí tan culpable... Me sentí en la obligación de hacer algo para animar a mi madre y devolverle la alegría a mi padre. Quería que la familia resurgiera de sus cenizas y recuperara la motivación. Pensé que tener hijos podría devolverles la esperanza en el futuro. Pero nunca me detuve a pensar qué sentía realmente por Tristan o lo que él sentía por mí.

–Cariño... –dijo él besándola suavemente–. No quiero que sigas echándote la culpa de todo. Tú no tuviste la culpa de la muerte de tu hermano. Era adicto a las drogas. No consiguió la ayuda que necesitaba. No había nada que hubieras podido hacer por él.

Las palabras de Vinn la conmovieron. Siempre había sentido que podría haber hecho algo por Blair, había sido un dolor que le había acompañado desde entonces.

–Todos hemos hecho cosas que lamentamos, Gabriella. Siempre hay algo que nos gustaría haber hecho de forma diferente.

–¿Quieres decir que quieres poner fin a nuestro matrimonio?

–¿Eso es lo que quieres? –le preguntó él–. ¿Sientes que, de esa manera, serías libre?

–No sé qué diría la prensa si se enterara de que nos hemos separado el día después de habernos casado –respondió ella evitando su mirada–. Además, tengo que tener en cuenta a mis padres.

–Yo estaba pensando lo mismo –dijo apesadumbrado–. Tu padre lo ha pasado muy mal y todavía tiene que recuperarse de la operación. No creo que fuera buena idea que le dijéramos algo así.

–Entonces... ¿Qué sugieres que hagamos?

–El día que entraste en mi despacho te dije que siempre había creído que el matrimonio debe durar para siempre. No he cambiado de opinión.

Gabby le miró a los ojos intentando encontrar algo que le permitiera averiguar qué estaba pensando. Pero su rostro era impenetrable. Valoró la idea de confesarle lo que realmente sentía por él, decirle claramente que estaba enamorada. Hasta formó mentalmente las palabras «te quiero» en su mente.

Le amaba por lo que era y por lo que había sido desde siempre. Había intentado rescatarla de un matrimonio desastroso en el que se había metido a pesar de sus advertencias, le había maltratado miserablemente durante mucho tiempo, le había rechazado por otro hombre que la había utilizado y explotado de la peor manera imaginable. Incluso se había ofrecido aquella noche a casarse con ella para evitar un escándalo y salvaguardar su honor. Pero ella había sido demasiado orgullosa.

Sin embargo, algo la detuvo. Vinn se había quedado realmente sorprendido por todo lo que había averiguado sobre ella. Había visto su expresión cuando le había hablado de las palizas que le había dado Tristan. No quería que hiciera nada por lástima. No quería su compasión. Quería su amor sincero y su respeto. Para lo segundo hacía falta tiempo. Respecto a lo primero, no estaba en sus manos.

Gabby volvió a recordar aquella noche antes de la boda, la noche en que Vinn la había besado en la planta de arriba.

¿Les había visto Tristan sin que se dieran cuenta? ¿Les había espiado?

¿Había oído tal vez la advertencia de Vinn?

–Estás muy callada –dijo él–. ¿No crees que deberías dejar las cosas como están por el momento?

Gabby intentó sonreír, pero le salió forzado.

–Todavía no logro comprender por qué tenías tantas ganas de casarte conmigo. Te has gastado mucho dinero, no estoy cumpliendo tus expectativas pero, aun así, no pareces disgustado.

–Si estoy disgustado por algo, es por mi propia ignorancia, por no haber sabido lo que estabas pasando –dijo un poco nervioso.

–No es culpa tuya, Vinn. Tú hiciste lo correcto al venir a mí e intentar advertirme, pero yo fui demasiado orgullosa para escucharte.

¿Debía hablarle a Vinn sobre la adicción de Tristan a la cocaína? En cierto modo, se había sentido responsable por el descenso a los infiernos de su difunto marido, ya que, antes de casarse con ella, ni siquiera la había probado. O, al menos, eso creía ella.

–Vinn –empezó Gabby, decidida a contárselo–. ¿Sabías que Tristan era adicto a la cocaína?

–¿Cómo? ¿Cuándo empezó a consumir? ¿Antes o después de que os casarais?

–No estoy segura. Antes de casarnos nunca noté nada raro, pero no puedo estar segura, porque, por entonces, yo estaba demasiado ciega.

–¿Crees que tal vez fue Tristan quien inició a Blair en las drogas? ¿Que tal vez era él quien se las suministraba?

Gabby sintió un profundo dolor atenazando su pecho.

–Oh, no...

–Siempre pensé que tú eras una pieza dentro de su juego –dijo Vinn–. Te necesitaba para ofrecer una fachada de respetabilidad y elegancia. Sobre todo tras la muerte de Blair.

Entraba dentro de lo posible que Vinn tuviera razón. Pensándolo con calma, Tristan había intensificado sus visitas poco después de la muerte de su hermano, y le había pedido en matrimonio a pesar de sus dudas.

–¿Pensaste alguna vez, antes de aquella noche, en contarles a mis padres lo que pensabas de Tristan? –le preguntó Gabby.

–Sí –confesó él–, lo pensé, y siempre me he dicho que debería haberlo hecho. Pero, en aquel momento, pensé que era mejor decírtelo a ti primero, intentar hacerte ver la trampa en la que te estabas metiendo. Después de todo, la decisión era tuya. Tú afirmabas estar enamorada de Tristan, y yo no tenía ninguna manera de oponerme a ello salvo, tal vez, darte un beso.

El beso.

El beso que había rememorado tantas veces.

Gabby miró su boca, aquellos labios sensuales que tanto deseaba. Vinn se inclinó sobre ella y sus deseos se convirtieron en realidad. No quería disimular ni actuar, sólo quería besarle y sentir su cuerpo. Pasó sus brazos alrededor de él con desesperación, como si necesitara que la salvara.

–Es demasiado pronto, cariño –dijo él entre sus labios.

–¿Para ti? –preguntó ella sorprendida, mordiéndole el labio inferior y bajando el brazo para comprobar su erección.

–Por Dios, no –sonrió él–. Para ti. Ahora mismo debes de estar muy sensible. Piensa que, hasta hace unas horas, eras prácticamente virgen.

–Te deseo –insistió ella ignorándole–. Te deseo ahora mismo.

–¿Estás segura? –preguntó él con un intenso brillo en los ojos–. Podemos hacer muchas otras cosas. Puedo calmar el fuego que tienes dentro ahora mismo sin necesidad de hacerte daño. Puedo hacerte disfrutar sin herirte.

A Gabby le conmovió su preocupación por ella. ¿Acaso no demostraba eso que la quería? ¿Por qué no quería admitirlo? ¿Creía que iba a usarlo contra él?

¡Oh, cuánto le adoraba!

¿Por qué le había ridiculizado y maltratado durante tanto tiempo?

–Vinn... –dijo ella armándose de toda la fuerza de voluntad que pudo encontrar–. Tengo algo que decirte.

Vinn la besó suavemente en el cuello.

–¿Sabes? Empieza a no gustarme esa maldita costumbre que tienes de ponerte a hablar cuando a mí me entran ganas de sentir. ¿Qué puede ser ahora mismo tan importante como para interrumpir esto? –preguntó deslizando los labios por su rostro hasta llegar a su cuello–. ¿Hay algo más importante que esto?

Gabby no dijo nada. Su cuerpo lo hizo por ella. Se arqueó ostensiblemente mientras sus pechos se endurecían y llenaban de deseo. Vinn se inclinó sobre ella, recorrió su cuello lentamente y empezó a recorrer sus senos con fruición. Parecían estar hechos de seda, y los pezones eran como imanes que atraían su boca una y otra vez sin remedio. Tenía que ir con cuidado para no hacerle daño, todavía no estaba acostumbrada a hacerlo tantas veces.

Intentó controlarse, intentó contener la respiración y apartarse, pero ella le buscó inmediatamente y le encontró con las manos, empezando a acariciarle poco a poco y activando cada poro de su cuerpo, dejándole sin respiración, sin sentido. Quería sentir su boca rodeando su miembro erecto, su lengua recorriendo cada centímetro, hasta que no pudiera más.

Entonces, sin esperarlo, su fantasía se hizo realidad. Estaba haciendo exactamente lo que había imaginado. Ella tenía su miembro entre las manos mientras con la boca iba descubriéndolo poco a poco, explorando cada centímetro.

Vinn se arqueó, y ella hundió su boca en él. No sabía lo que estaba haciendo, actuaba por instinto, pero lo estaba haciendo muy bien. Empezó a respirar con dificultad y su corazón se aceleró al tiempo que ella profundizaba más y más.

Y, entonces, ocurrió. Estalló antes de que pudiera controlarse y ella no se movió, no se apartó. En lugar de eso, sonrió y cerró los ojos saboreando el líquido de él como si estuviera saboreando un licor celestial.

Vinn le acarició el pelo sin saber cómo expresar las emociones que estaba experimentando. Le había dejado sin respuesta, físicamente y psicológicamente. Había tenido muchas amantes, pero ninguna le había hecho sentir nada parecido a aquello. Y no sólo en aquel momento, sino mucho antes, cuando se había entregado a él a pesar de su inseguridad, a pesar de sus temores, a pesar del miedo que ella había sentido a ser utilizada por él sin respeto... y sin amor.

Amor. Era una palabra cargada de demasiados significados, y Vinn prefería mantenerla a distancia. Era una palabra ajena a él, al menos en lo relativo a sus experiencias sexuales.

Había querido a su madre. Dudaba mucho que hubiera existido nunca un hijo que hubiera sentido más devoción por su madre que él. También quería a su hermanastra, aunque no tuviera la libertad de llamarla de esa manera. Lily Henderson le había encontrado después de una ardua búsqueda que había iniciado con el objetivo de encontrar su lugar en el mundo, una identidad más allá de ser hija de Hugo McCready, un agresivo empresario que, a pesar del tiempo que había pasado y de las evidencias, siempre había rehusado reconocer los frutos de sus placeres prohibidos, ya se tratara de Vinn o de Lily.

Hugo McCready creía que tenía el privilegio de ir seduciendo a jóvenes empleadas delante de las narices de su abnegada esposa y de sus tres hijos legítimos. Pero Vinn sospechaba que, al contrario que él, Lily estaba dispuesta a tirar de la manta y poner en evidencia su comportamiento amoral. Vinn pensaba que, de hacerlo, ella iba a salir más perjudicada que su padre, por eso había intentado, y seguiría intentando, hacer todo lo posible por protegerla y ayudarla, aunque la prensa continuara malinterpretando la relación existente entre ellos.

Pagar la deuda del complejo turístico St Clair había formado parte de un plan trazado para impedir a su padre hacerse cargo de la compañía y, al mismo tiempo, asegurarse el matrimonio con Gabriella. Se había negado sistemáticamente a reconocer ningún sentimiento más allá del deseo, pero había muchas emociones debatiéndose en su cabeza, demasiadas cosas a las que tenía que dar explicación.

Gabriella persistía en demandar una declaración de amor por su parte, pero él no estaba plenamente seguro de cuáles eran sus verdaderas intenciones. Sabía por experiencia que el dinero provocaba confusiones emocionales en las mujeres. ¿Por qué si no existían tantos casos de jovencitas que contraían matrimonio con hombres mucho mayores que ellas?

Gabriella había estado acostumbrada toda su vida a un elevado tren de vida. En cuanto había visto amenazados sus privilegios, no había dudado en entregarse a un hombre al que afirmaba despreciar. El que ahora pidiera una incondicional y vehemente declaración de amor resultaba, cuando menos, sospechoso.

Por otra parte, sin embargo, dejando a un lado lo que ella pudiera sentir o no hacia él, estaba empezando a pensar que Gabriella se merecía saber algo más sobre su pasado. Para hablarle de Lily necesitaba antes discutirlo con su hermanastra. Lily era una joven de veinte años inexperta, una joven que no sabía bien lo que quería, una joven que buscaba desesperadamente un referente, alguien en quien apoyarse, alguien que la guiara con seguridad, y él quería representar ese papel en su vida mientras lo necesitara, quería protegerla a toda costa de los hombres sin escrúpulos como su padre.

Vinn miró a Gabriella. Aunque le había costado un enorme esfuerzo, había conseguido convertirla en su esposa en todos los sentidos de la palabra.

Era su esposa.

No sólo lo decía su firma al pie de un contrato, sino la unión íntima de sus cuerpos.

Una unión que no quería que se rompiera.

Una unión que deseaba repetir una y otra vez.

Capítulo 11

DURANTE los días siguientes, el curso de los acontecimientos permitió que Gabby pudiera decirse a sí misma que su luna de miel era tan perfecta como la de cualquier otra pareja de recién casados. Pasaba las mañanas tomando el sol en la playa y las noches en brazos de Vinn, disfrutando de una intensa pasión y esperando vanamente una declaración de amor por su parte. Pasaba horas enteras mirándole, derritiéndose con cada una de sus sonrisas, suspirando cada vez que él la acariciaba, disfrutando de largos paseos por la isla en su compañía.

Su cuerpo parecía haber resucitado de entre los muertos. Se sentía viva y llena de energía. Aquel renacimiento no tenía nada que ver con las horas que pasaba bañándose en el agua salada del mar ni con la deliciosa comida que les preparaban. Era una respuesta a la forma en que Vinn la tocaba, como si hubiera pulsado una palanca en su interior y hubiera puesto de nuevo en funcionamiento un mecanismo que llevara muchos años oxidado. Le bastaba con mirarla, con clavar en ella sus penetrantes ojos grises para que ella perdiera la noción del tiempo y quisiera entregarse a él incondicionalmente, para que sus piernas empezaran a temblar y se abrieran para permitir que él iniciara una profunda exploración de sus más íntimos secretos.

Faltaban dos días para el final de la luna de miel. Gabby y Vinn ya habían estado en los sitios más recónditos de la isla, aquéllos a los que pocos turistas se molestaban en ir. Vinn había organizado un picnic con la complicidad del personal de la cocina, y había llevado a Gabby a uno de esos lugares apartados.

Después de comer, habían hecho el amor furiosamente y se habían quedado tumbados sobre las toallas, jadeando de placer mientras el rumor cercano del mar mecía el aire a su alrededor.

Finalmente, Vinn se había quedado dormido.

Apoyándose en un brazo, Gabby empezó a recorrer suavemente sus facciones, maravillándose de lo atractivo y masculino que era. Pasó los dedos por la curva de sus labios y se inclinó sobre él delicadamente para darle un beso mientras respiraba rítmicamente, inmerso en un profundo sueño.

Sonriendo, Gabby se levantó y se metió en el agua poco a poco. Cuando se acostumbró a la temperatura, empezó a nadar lentamente disfrutando del sol y del contacto con el agua, disfrutando de una libertad y de una plenitud que nunca antes había sentido.

Todavía le sorprendía el intenso deseo que despertaba en Vinn. Aunque no lo expresara, aunque no le hubiera dicho nunca que la quería, todo apuntaba en esa dirección. Ya no tenía los comportamientos vengativos que había mostrado en el pasado. Era tierno, protector y desinteresado. Al principio había pensado que sólo estaba actuando, que se estaba comportando así de cara a la galería, para que los empleados del complejo turístico lo vieran. Pero después se había dado cuenta de que actuaba del mismo modo cuando se quedaban a solas. Quería pensar que Vinn se estaba enamorando de ella, pero, después del error de juicio que había cometido con Tristan, no podía confiarse demasiado.

Cuando un rato después salió del agua, Vinn la estaba esperando en la orilla, mirándola mientras avanzaba hacia él. Sentía una excitación muy intensa al presentir lo que él estaba pensando.

–Pareces una sirena, cariño –dijo él–. Una hermosa sirena que acaba de salir del mar para seducir a este pobre mortal.

–Debo de ser una sirena muy fea sin maquillaje y con estos pelos –sonrió ella excitándose cuando Vinn la tomó de la cintura, la atrajo hacia él e hizo que sintiera su miembro erecto.

–Creo que no te he visto nunca tan bella como ahora –murmuró él tocándole el trasero suavemente.

Gabby le miró a los ojos trémula. Podía sentir los latidos del corazón de Vinn, sus piernas empezando a temblar, sus senos endureciéndose y sus pezones irguiéndose.

Abrió la boca con urgencia cuando se inclinó para besarla. Deslizó las manos por su espalda hasta llegar al trasero y le atrajo hacia ella mientras jugaba con su lengua dentro de la boca y todo lo que había a su alrededor desaparecía, quedando sólo él, quedando sólo el deseo transportándola de nuevo a un mundo distinto, deseando que la penetrara.

Vinn la tumbó sobre la toalla y empezó a devorar sus pechos, haciendo que la espalda de ella se arqueara y su cuerpo se humedeciera poco a poco, deseando que la poseyera como sólo él era capaz de hacerlo.

Cuando lo hizo, ella reaccionó con un grito ahogado mientras le abrazaba con las piernas. Empezaron a moverse rítmicamente, cada vez más deprisa. Él la sujetaba de los muslos y hacía fuerza para penetrarla con más intensidad. El cuerpo de ella respondía con hospitalidad a cada embestida. Entonces, cuando llegó al clímax, fue como si se partiera en millones de pedazos diminutos que sólo consiguieron unirse de nuevo cuando él explotó también fuera de control. Aquél era el momento que más disfrutaba, el momento en que el cuerpo de él se tensaba violentamente, empezaba a temblar imperceptiblemente, su respiración se aceleraba, empezaba a gemir y su piel se erizaba.

Gabby se sujetó a la espalda de él como si fuera cuestión de vida o muerte y sintió el pecho de él ascender y descender furiosamente, la calidez de su piel emitiendo ondas interminables de sudor y pasión.

–Me gusta tocarte –murmuró ella.

–A mí también me gusta tocarte, cariño –dijo él entre jadeos–. No creo que llegue a cansarme nunca de hacerlo.

–¿Y qué pasará sin algún día sucediera? –preguntó ella besándole.

–Nunca nos divorciaremos, cariño, ya conoces las condiciones del acuerdo –dijo él.

–De modo que, si algún día dejo de satisfacerte, recurrirás a una de tus múltiples amantes para conseguir lo que necesitas, ¿verdad? –preguntó ella conteniendo un acceso de furia.

–¿Crees que soy de esa clase de hombres? ¿Es que no has aprendido nada sobre mí en estos días?

–Sé que tengo el sexo, que te gusta mucho el sexo –contestó ella–. Pero, tal y como dijiste antes de que nos casáramos, es mi cuerpo lo que tú deseas.

–Sí, bueno... Las cosas han cambiado mucho desde entonces –dijo él.

–¿A qué te refieres? –preguntó ella tapándose con una toalla.

–No has resultado ser la mujer que creía que eras cuando me casé contigo –dijo Vinn–. He tenido que hacer algunos pequeños cambios.

–¿Contempla alguno de esos cambios quererme un poco en lugar de odiarme?

–Nunca te he odiado –respondió él–. Bueno... Tal vez haya llegado a sentir algo cercano al odio en un par de ocasiones, pero es agua pasada.

Gabby le miró en silencio llena de esperanza.

–Gabriella... Yo siempre he mantenido mi vida sexual y mis emociones en lugares distintos. Ésta es la primera vez que siento algo más que deseo por una mujer.

–¿Estás diciendo...? ¿Estás diciendo que me quieres? –preguntó susurrando.

–Si el amor es ese extraño cosquilleo en el corazón que uno tiene cuando está al lado de la otra persona, entonces sí, supongo que te quiero. O eso, o tengo que ir a ver yo también al cardiólogo. ¿Qué opinas?

Gabriella empezó a besarle locamente.

—Creo que eres la persona más maravillosa que he conocido en mi vida —dijo—. Te quiero mucho. No me había dado cuenta de todo lo que te quiero hasta estos días.

—¿Lo suficiente para dejar de tomar esas píldoras anticonceptivas? —preguntó él con un misterioso brillo en los ojos.

—¿Sabías que me las estaba tomando?

—Si necesitas más tiempo, esperaremos, no pasa nada —respondió él dándole un beso—. Pero me gustaría mucho formar una familia. Es algo que he deseado siempre. Supongo que el haber sido hijo único me ha hecho alimentar muchas fantasías.

—Creo que ha llegado el momento de tirar esas píldoras a la basura —proclamó ella—. Quiero tener hijos contigo, Vinn. Quiero ser una esposa perfecta para ti y compensarte por todas las cosas horribles que te hice en el pasado.

—Ahora somos personas distintas, Gabriella —dijo él besándola de nuevo—. El pasado no dictará más nuestro futuro.

—Vinn... ¿Por qué me llamas siempre Gabriella?

—Porque es un nombre precioso —respondió él besándola una vez más—. Además, es un nombre muy italiano. Aunque, si quieres que te llame Gabby, puedo intentarlo, aunque no te prometo nada.

—No, no... Me gusta que me llames así. Nadie lo pronuncia como tú. Me haces temblar cada vez que lo pronuncias.

—¿De verdad? Oh, vaya, qué interesante —sonrió—. Y yo creyendo todos estos años que me despreciabas.

–Bueno... Ya sabes lo que dicen... El amor y el odio son dos caras de la misma moneda. Creo que mi forma de comportarme contigo ha estado siempre motivada por lo insegura que me sentía a tu lado, por las cosas que me hacías sentir, incluso cuando era adolescente y tú vivías en nuestra casa.

–¿Todavía tienes miedo de mí, pequeña?

–Tú me haces sentir más segura que cualquier otra persona del mundo. Después de mi vida con Tristan, nunca pensé que podría volver a confiar en un hombre, pero, en estos días, has conseguido derribar todos los muros que había erigido a mi alrededor y me has hecho olvidar todos mis miedos.

–Gabriella... Me hubiera gustado estar a tu lado para haber podido protegerte de él –dijo sintiéndose culpable–. Si hubiera sabido lo que estaba pasando, le habría mandado a la cárcel sin contemplaciones después de darle un poco de su propia medicina. Te utilizó porque sabía que no podías defenderte. Es un milagro que no... Dios mío, no quiero ni imaginarme las cosas horribles que podría haber llegado a hacerte.

Gabby le acarició la mejilla lentamente.

–Ya no me veo a mí misma como una víctima, Vinn. He estado haciéndolo mucho tiempo, pero no lo haré nunca más.

–Creo que deberíamos volver –dijo él besándola–. Tenemos un largo camino de vuelta y no quiero que te canses demasiado. Tengo planes muy interesantes para esta noche.

Gabby le miró con deseo mientras recogía el bikini y se lo ponía.

–¿Quieres decir que voy a tener que esperar hasta esta noche para saber lo que es?

Vinn la atrajo hacia él violentamente, la tomó de la cintura y la miró como si el mundo fuera a acabarse en ese preciso momento.

–Bueno... Tal vez podríamos adelantar la hora un poco –dijo besando a Gabby en la oreja.

–A mí me parece muy buena idea –dijo ella cerrando los ojos.

¿Es que aquel hombre no se quedaba nunca sin ideas? Estaba constantemente sorprendiéndola con su interminable repertorio corporal, acariciándola de formas que nunca antes había creído posibles. Podía sentir su erección creciendo más y más con una necesidad desesperada. Impaciente, deseando que la poseyera allí mismo de nuevo, sin importar la hora, Gabby deslizó la mano por el cuerpo de él en dirección a la cintura.

–Ten un poco de paciencia, rubia –dijo él tomándola de las manos para detenerla–. Lo pasarás mucho mejor si esperas un poco.

–¡Quiero hacerlo ahora! –protestó ella pegándose al cuerpo de él–. ¡No me hagas esperar más!

Vinn se echó a reír y empezó a recorrer su espalda.

–Dime qué quieres, Gabriella –le susurró al oído–. Dime qué quieres que te haga.

–Ya sabes lo que quiero –dijo ella cada vez más excitada.

–¿Quieres que haga esto? –le preguntó introduciendo su pene de golpe dentro de ella.

–Oh... Dios... Sí... –gimió ella mientras sus piernas temblaban.

–¿Quieres que haga esto también? –le preguntó de nuevo empezando a moverse rítmicamente.

Gabby sentía su interior cada vez más tenso, más necesitado, más abandonado.

–Sí... Sí... –murmuró desesperadamente.

Vinn la tomó de la cintura, la alzó, la sujetó por los muslos y dejó que su cuerpo cayera sobre su miembro erecto con violencia. Empezó a moverse dentro de ella cada vez más rápido, hasta que Gabby no pudo soportarlo más y pasó al punto de no retorno, estallando en una orgía de gritos desenfrenados mientras su cuerpo se expandía y se contraía una y otra vez. Entonces, sintió que Vinn estaba llegando al mismo punto, se abrazó a él y recibió los impulsos salvajes de su cuerpo, sintiendo cómo se derramaba dentro de ella, sintiendo un embriagador poder femenino que nunca había experimentado.

Vinn intentó recuperar la respiración, pero era muy difícil. Gabriella tenía la virtud de hacerle llegar a unos límites que ninguna otra mujer había conseguido.

La amaba, no podía seguir mintiéndose a sí mismo. La había amado siempre. Sólo la había amado a ella. Era la otra mitad que había buscado siempre. El problema había sido que la había encontrado demasiado pronto, cuando ninguno de los dos estaba todavía preparado, y había cometido el error de presionarla demasiado, consiguiendo que se echara en brazos de otro hombre por el miedo que sentía hacia sus propias emociones.

Vinn hundió la cara entre sus senos, reticente a salir de ella.

—¿Crees que podremos volver en medio de la oscuridad? —le preguntó él—. Tú conoces esta isla mucho mejor que yo.

—¿Pasaría algo si pasáramos aquí toda la noche? —le preguntó ella rodeándole con los brazos—. Me gustaría que la magia de este momento no desapareciera jamás.

—Tenemos que tomar un vuelo mañana por la mañana, cariño —sonrió él—. Tenemos que regresar al mundo real.

—Bueno... Pero no quiero que nada cambie. Quiero ser la mejor esposa del mundo. No quiero decepcionarte.

—Nunca me decepcionarás, Gabriella —dijo él dándole un beso—. Nunca me decepcionarás. Puedes estar segura.

Capítulo 12

EN EL VIAJE de regreso a Sidney, Gabby se sentó al lado de Vinn, con su mano entrelazada con la suya y la cabeza apoyada en su hombro. Pero su corazón estaba todavía en la isla.

Había estado a punto de echarse a llorar al hacer las maletas, triste por la mágica felicidad que dejaba atrás, por la perfecta sensación de seguridad que había encontrado entre sus brazos. Desde que había entrado en el avión, había sentido como si alguien le hubiera arrebatado todo de repente.

Vinn permaneció en silencio la mayor parte del viaje. Estuvo consultando su reloj constantemente, como si fuera el objeto más interesante e importante del mundo, cuando apenas unas horas antes no había tenido ojos más que para ella.

—¿Estás bien? —le había preguntado en cierto momento.

—Perdona, Gabriella —había respondido él despistado—. ¿Has dicho algo?

—Te he preguntado si estás bien —había repetido ella apretando su mano con fuerza, aunque a los pocos segundos él la había retirado para tomar una revista.

—Sí, estoy bien —había respondido secamente pasando las hojas.

–¿Pasa algo? ¿He hecho algo mal? –le había preguntado preocupada al cabo de unos interminables instantes.

–No, por supuesto que no, cariño –había respondido él con una vaga sonrisa–. Es sólo que tengo muchas cosas en la cabeza. Los negocios no se toman vacaciones.

Gabby había sentido remordimientos al darse cuenta de que era muy poco lo que sabía de su trabajo. Sabía que había hecho su fortuna como promotor inmobiliario invirtiendo en un barrio de las afueras de la ciudad. Cuando el proyecto había empezado a declinar por efecto de modificaciones administrativas, él se había anticipado y había colocado su capital en otros sitios, demostrando una gran agudeza.

–¿Puedo ayudarte en algo? –le había preguntado de nuevo ella.

–No, Gabriella –había respondido él acariciándole las mejillas–. Prefiero que te concentres en darme un heredero. Tus padres también lo necesitan. Tu padre lo está haciendo muy bien, pero verte feliz y con un futuro garantizado seguro que le animará más que cualquier otra cosa. Tener un hijo sería maravilloso para todos.

Gabby había apoyado la espalda en su asiento y se había preguntado cómo sería tener un hijo de Vinn. Aunque había dejado de tomar la píldora el día anterior, aunque prácticamente no había habido tiempo suficiente, se había preguntado si no estaría ya embarazada.

Gabby le tomó de nuevo de la mano y sonrió.

–Cariño, gracias por todo lo que has hecho por mí esta semana –había dicho ella–. Gracias por haber convertido esta semana en algo tan especial. Ha sido una luna de miel perfecta.

–Fue un placer, cariño –había replicado él devolviéndole la sonrisa, aunque a Gabby le había dado la impresión de que le había salido forzada.

–Te quiero –le había dicho en voz baja inclinándose sobre él para darle un beso.

–Lo sé –había dicho él con la misma sonrisa poco convincente.

Durante el vuelo, Gabby empezó a sentir el virus de la duda. ¿Por qué cada vez que ella le decía que le quería él tenía tantas reticencias en responder diciendo lo mismo? En realidad, cuando recordaba el día que habían pasado en aquella playa desierta en la otra punta de la isla, no recordaba que él le hubiera dicho nada parecido en ningún momento. Había llegado a insinuarlo, pero no lo había dicho abiertamente. Si no se había dado cuenta en aquel momento había sido porque ella había estado demasiado alertada, demasiado concentrada en el deseo, en la pasión y en tirar sus píldoras anticonceptivas.

¿Y si lo único que él sentía por ella era deseo? ¿Y si, una vez que le hubiera dado un hijo, él se desinteresaba de ella? Había repetido muchas veces que nunca se divorciaría de ella, pero no había nada que le impidiera cambiar de opinión en el futuro. ¿Acaso no había puesto como condición esencial la firma de un contrato prematrimonial? ¿Acaso no significaba eso que no tenía ninguna confianza en su matrimonio con ella?

El ataque al corazón de su padre, el peligro de bancarrota, la amenaza de ser absorbidos por otra empresa, su desesperada visita a la oficina de Vinn... Todo había sucedido muy rápido.

Gabby no tuvo tiempo de hablar en privado con él, ya que, en cuanto bajaron del avión, un chófer les estaba esperando en la terminal.

Llamaron por teléfono al hospital para comprobar que el padre de Gabby se encontraba bien. A continuación, Vinn le ordenó al chófer que le dejara en su oficina y que después llevara a Gabby a su nueva casa de Mosman.

Vinn le dio un beso impersonal antes de bajarse del lujoso vehículo y en unos segundos ya estaba hablando por su móvil.

Gabby se recostó en el asiento trasero del coche y suspiró decepcionada al tiempo que el chófer arrancaba de nuevo. En el fondo de su corazón, había esperado con ilusión que Vinn hubiese hecho las cosas tradicionales, como cruzar con ella en brazos el umbral de su nueva casa, o llevarla escaleras arriba hasta el dormitorio y hacerle delicadamente el amor, juntos como marido y mujer. Sin embargo, había vuelto a los negocios como si aquellos siete días nunca hubieran existido Ni siquiera se había dado la vuelta a mirarla cuando había bajado del coche. Simplemente se había ido.

Gabby intentó ocupar su cabeza sacando las cosas de las maletas cuando llegó a la casa. Puso una lavadora con la ropa sucia y, mientras el tambor daba vueltas, salió a dar un paseo por el jardín. El césped había sido arreglado recientemente, aunque no había rastro de ningún jardinero en los alrededores, lo cual le alegró, ya que necesitaba tiempo para estar sola y pensar en todo lo que tenía en la cabeza.

El mismo día de su boda, Vinn se había encargado de que llevaran hasta allí todas las pertenencias de ella, además de su coche. Su ropa estaba perfectamente ordenada y clasificada en los armarios y en los cajones. La casa estaba inmaculada, aunque no había comida en el frigorífico, de modo que Gabby decidió salir con el coche a hacer la compra.

Cuando regresó, Vinn estaba en la entrada, de espaldas a ella, hablando por su móvil. Pero lo que más le alertó fue la prisa que se dio en colgar cuando advirtió su presencia y las últimas palabras que dijo.

—No te preocupes, cariño. Confía en mí. Todavía no es el momento de contarle a todo el mundo cuál es nuestra verdadera relación.

Gabby sintió como si le hubieran clavado un cuchillo por la espalda pero, de alguna manera, consiguió conservar la sangre fría.

—Lo sé —estaba diciendo Vinn a la desconocida—. Yo también te quiero, y quiero que todo el mundo sepa lo mucho que significas para mí, pero... ¿Sabes qué haría la prensa si se enterara ahora mismo de la verdad? Sería demasiado peligroso. Hay demasiadas cosas en juego para tirar tanto dinero por la borda por precipitarse. No quiero poner todo esto en peligro hasta que las cosas se calmen un poco, y eso no será hasta finales de la semana que viene como muy pronto, cariño.

Hubo una pausa y Vinn escuchó con atención lo que la desconocida le debía de estar diciendo. Cada segundo que pasaba, el corazón de Gabby se iba rompiendo más y más.

–Escucha, cariño –continuó Vinn–. Me he gastado mucho dinero en esto. No quiero ponerlo todo en peligro. Tenemos que andar con mucho cuidado. Hay otras personas involucradas en todo esto además de nosotros.

De nuevo una pausa.

–Sí, tendré que decírselo en algún momento –dijo Vinn–. Tiene derecho a saberlo. Ahora es mi esposa, no lo olvides. Pero vamos a esperar una semana o dos, ¿te parece? Sólo para que las cosas se calmen. Te haré llegar algo de dinero para que vayas tirando hasta entonces, ¿vale? Hasta luego, cariño.

Vinn colgó el teléfono y se dio la vuelta. Al ver a Gabriella delante de él, su rostro empalideció completamente.

–Cariño... –dijo apurado–. No te había oído llegar.

–¡No me llames cariño nunca más, cerdo! –exclamó ella furiosa.

Vinn intentó acercarse a ella.

–Gabriella... No lo entiendes... No es lo que...

–Sí, sí lo es. Sé perfectamente lo que estabas haciendo. ¡Estabas hablando con ella! ¡Con tu amante misteriosa! La mujer a la que de verdad amas. Te he oído perfectamente, no lo niegues como un miserable cobarde.

–Has malinterpretado todo –dijo él–. Has oído sólo una parte de la conversación y estás sacando falsas conclusiones.

–¡Por el amor de Dios! –protestó ella fuera de control, incapaz de detener la oleada de ira que la dominaba–. ¿Por qué clase de estúpida me has tomado? Te he oído hablar del dinero... Tú eres quien está detrás de todo esto, ¿verdad? Lo estuviste todo el tiempo. Hiciste que me humillara delante de ti y lo tenías todo previsto. Me has hecho quedar como una tonta. Os habéis debido de reír de lo lindo a costa mía. Qué fácil te ha resultado hacerte con todo lo que a mi padre tanto le ha costado conseguir.

Vinn la miró como si quisiera negarlo todo pero, entonces, pareció cambiar de opinión. Se pasó la mano por el pelo.

–Gabriella, hay cosas que no sabes, y yo todavía no podía decírtelas –dijo intentando medir sus palabras.

–Podrías empezar diciendo la verdad, para variar –dijo ella.

–Gabriella, la verdad es... –empezó él intentando encontrar las palabras–. He estado involucrado en una venganza, pero no tenía nada que ver contigo.

–Oh, vamos, por favor... –dijo ella escéptica–. No me tomes por tonta.

–Hablo en serio, Gabriella –insistió él–. No conoces a mi enemigo, y haré todo lo posible para que siga siendo así. Es una persona que no quiero que esté cerca de nadie que me importe algo. Por encima de mi cadáver.

–Vaya... ¿Ahora vas a preocuparte por mí? Qué

delicado por tu parte –sonrió ella de forma sarcástica–. ¿Por qué? ¿Porque te he pillado, o porque soy buena en la cama?

–No te rebajes a ti misma de esa manera –dijo él.

–¿Con el dinero que has pagado por mí? No me considero precisamente barata, la verdad. Dos millones cuatro cientos mil dólares por acostarse con alguien es lo que yo llamaría prostitución de lujo. Espero que lo hayas pasado bien, Vinn, porque ya no volverás a tenerlo jamás. Esto se ha terminado.

–¿Estarías dispuesta a poner en peligro la salud de tu padre? –preguntó él respirando profundamente.

–¿Me hablas tú de preocupación por mi padre? ¿Pero qué clase de bastardo eres? Has hecho la maniobra más sucia y rastrera de cuantas he conocido. Has destruido todo por lo que ha luchado. Le has apuñalado por la espalda.

–La puñalada no iba contra él.

–¿Cómo has dicho? –preguntó ella confundida.

–Tu padre me advirtió de lo que iba a pasar unos días antes de que tuviera el ataque –confesó él–. Sospechaba quién estaba detrás, y me llamó para advertirme. Le di mi palabra de que haría todo lo que fuera necesario para salvar el complejo St Clair Island.

Gabby abrió la boca, pero no dijo nada. No era capaz de articular palabra. ¿Su padre había estado enterado de todo? ¿Había acudido a Vinn en busca de ayuda? ¿Por qué, entonces...?

–Henry sabía perfectamente lo que estaba pasando, sabía que estaba en una posición delicada, que si alguien tomaba una posición de fuerza contra él, difícilmente podría soportarlo económicamente. Yo ya le había ayudado a asegurar la propiedad de su casa, y...

–¿Su casa? –preguntó ella todavía más desconcertada, si eso era posible –. ¿Eres el propietario de la casa de mis padres?

–Sobre el papel, sí. En la práctica, por supuesto que no.

–¿Qué diablos significa eso?

–Significa que esa casa siempre será suya, nunca la utilizaré con fines financieros ni nada por el estilo, por mucho dinero que me deban.

Gabby luchaba contra sus propias emociones. Había muchas cosas que no sabía. Se sentía como un peón en medio de un tablero de ajedrez, movida de un lado para otro según la voluntad de otros.

–Fue el estrés del trabajo lo que causó a tu padre aquel ataque al corazón. Pero lo peor es que, sus peores pesadillas acabaron haciéndose realidad. Los prestamistas, de repente, exigieron el dinero que le habían dejado.

–Entonces... ¿Ya te habías puesto de acuerdo con mi padre para ayudarle también en eso? –preguntó Gabby.

–Efectivamente –dijo él–. Tu padre me ayudó cuando yo era todavía un crío. Fue el único que creyó en mí. Me habría sido imposible hacer nada sin el apoyo y los consejos de tu padre. Mi madre hizo por mí todo lo que pudo, pero yo iba encaminado al desastre hasta que un día tu padre se hizo cargo de mí y me levantó. Me dio el dinero necesario para poder ir a la universidad y me apuntó a clases especiales para superar mi dislexia. Después de todo eso... Yo haría cualquier cosa por él.

–¿Estás diciendo...? ¿Estás diciendo que el complejo turístico, en realidad, nunca estuvo en peligro? –preguntó ella.

–No, Gabriella, nunca estuvo en peligro. Tu padre sigue siendo el propietario y, mientras siga queriendo serlo, lo será.

–No estoy muy segura de estar entendiendo todo esto... –dijo ella–. ¿Por qué me involucraste a mí? ¿Por qué me obligaste a casarme contigo?

Vinn la miró a los ojos.

–Nunca creí que pudiera llegar a sentirme satisfecho si no te conseguía. Siempre he querido estar contigo. Mi vida no habría estado completa.

–Vaya, entonces... ¿qué soy? ¿Una especie de trofeo para que puedas exhibirme y demostrarle a todo el mundo que lo has conseguido?

–Yo no lo expresaría de esa forma.

–¿Y cómo lo expresarías, Vinn? Tienes una amante. ¿Para qué diablos me quieres como esposa? ¿Puedes decírmelo?

–Yo no tengo una amante. ¿De veras crees que soy de esa clase de hombres?

Gabby estaba perdiendo la paciencia.

–¿Cómo puedes estar ahí delante de mí y mentirme de esa manera? Acabo de oír cómo hablabas con ella.

Vinn guardó silencio unos instantes.

–De acuerdo –dijo finalmente–. Romperé la promesa que le hice y te lo diré.

—Vaya... ¿Qué es esto? ¿Una última punzada de remordimiento?

—La chica con la que estaba hablando por teléfono, la chica con la que me fotografiaron, no es mi amante. Es mi hermanastra.

Gabby le miró con ironía.

—Si eso es verdad, ¿por qué no contárselo todo a la prensa y dejarse de problemas? ¿Por qué hacer creer a todo el mundo que es tu amante?

—Quiero protegerla —dijo él—. No tiene ni idea de qué tipo de hombre es su padre ni los extremos a los que está dispuesto a llegar para mantener intacta su reputación.

—Entonces... Déjame pensar... ¿Esa chica no es hija de tu madre?

—Por supuesto que no. A mi madre le hubiera encantado tener más hijos. Habría dado cualquier cosa por haber tenido una familia y haber podido educar bien a sus hijos. Pero el hombre de quien se enamoró ya estaba casado. Cuando se quedó embarazada, él la abandonó y la amenazó con destruirla si contaba algo. Me enteré de todo esto el día que murió. Fue entonces cuando me prometí que no descansaría hasta destrozarle, hasta hacerle pagar por todo lo que le había hecho a mi madre.

—¿Tu padre es un hombre peligroso? —preguntó ella.

—Muy peligroso. Tiene contactos internacionales en el mundo de las drogas, en el crimen organizado... Intentó llevar a la quiebra los negocios de tu padre simplemente porque se enteró de que tenía una buena relación conmigo. Afortunadamente, pude enterarme con tiempo.

–Oh, Vinn... –dijo avergonzada–. No sé qué decir... Estoy tan confusa...

Vinn se acercó a ella y le puso las manos en los hombros.

–Escúchame, Gabriella –empezó–. Te amo. Te he amado desde la primera vez que te vi. Sólo tenías catorce años, pero tus ojos me llegaron al corazón. Te he amado toda mi vida. Te amaba incluso cuando te casaste con Tristan. Sabía que, algún día, terminaríamos juntos.

–Oh, cariño... Podríamos haber estado juntos mucho antes si yo no hubiera sido tan cabezota y tan orgullosa aquella noche.

–La culpa fue mía –dijo él llevándola al interior de la casa–. Lo hice mal. Acababa de llegar al país de nuevo cuando me enteré de que Tristan estaba flirteando contigo. Me culpaba de la muerte de Blair. Debería haberlo visto venir, pero no lo hice.

–No, no... No debes pensar eso. ¿Cómo puedes echarte la culpa?

–Déjame acabar, cariño, por favor. Estuve fuera mucho tiempo. Blair vino a hablar conmigo, a pedirme consejo sobre su carrera poco antes de que yo me fuera a Italia a cuidar de mi madre. No quería formar parte de los negocios de tu padre, pero tenía miedo de decirlo. Tenía miedo de defraudar a tus padres. Quería estudiar arte. Tenía un don, un don maravilloso que quería explorar, pero no quería abandonar a tus padres.

–Ese cuadro que tienes en el vestíbulo... –dijo

Gabby sintiendo que el corazón se le rompía en mil pedazos–. Blair lo pintó, ¿verdad?

–Tenía mucho talento, Gabriella –dijo él asintiendo–. Pero no creyó en sí mismo. Creo que por eso acabó destruyéndose con las drogas. Quería vencer las inseguridades que sentía, para él eran como demonios. Yo intenté ayudarle, pero entonces a mi madre le diagnosticaron un cáncer. Me necesitaba desesperadamente, y yo estaba en la obligación de ir a su lado, al menos para acompañarla en su lecho de muerte. Al menos, eso sí lo hice. Estuve con ella hasta el final.

Gabby le abrazó con todas sus fuerzas. Aquél era el hombre que amaba, que adoraba.

–No sabría expresar lo mucho que te quiero –dijo ella–. No te merezco. No merezco tu amor. Creo que por eso me ha costado tanto creer que me amabas. En el fondo, sé que no merezco a alguien tan maravilloso como tú. Y, sin embargo, me quieres.

Vinn la atrajo hacia él.

–Te mereces ser amada, Gabriella. Te mereces todo el amor del mundo, y nadie te podrá dar más amor que yo. De eso estoy seguro.

Gabby le miró con lágrimas de felicidad.

–¿Significa eso que la luna de miel no se ha acabado? –le preguntó sonriendo.

–En cuanto salgamos de nuevo al exterior para que pueda cruzar el umbral contigo en brazos, podremos continuar donde lo dejamos. Así que... vete preparando.

–Estoy preparada –dijo ella temblando por las fantasías que empezaban a llenar su cabeza–. O eso creo.

—Comprobémoslo —dijo él llevándola hasta la puerta.

A los pocos segundos, Gabby la atravesó en sus brazos mientras miles de luces de colores brillaban por todas partes.

Bianca™

Sólo hay una forma de retenerla a su lado: casarse con ella

Aristandros Xenakis es como una pantera dispuesta a saltar. Brillante, atractivo y tremendamente poderoso, va a probar muy pronto el dulce sabor de la venganza...

Eli está desesperada por tener acceso a su sobrina, pero la niña está bajo la custodia de Aristandros... ¡su ex prometido! No tiene más remedio que someterse a sus exigencias... ¡debe convertirse en su amante!

Ingenua e inexperta, Eli no se parece a las sofisticadas cazafortunas que han calentado hasta entonces la cama de Aristandros. Sólo será cuestión de tiempo que se canse de ella...

El dulce sabor de la venganza

Lynne Graham

Acepte 2 de nuestras mejores novelas de amor GRATIS

¡Y reciba un regalo sorpresa!

Oferta especial de tiempo limitado

Rellene el cupón y envíelo a
Harlequin Reader Service®
3010 Walden Ave.
P.O. Box 1867
Buffalo, N.Y. 14240-1867

¡Sí! Por favor, envíenme 2 novelas de amor de Harlequin (1 Bianca® y 1 Deseo®) gratis, más el regalo sorpresa. Luego remítanme 4 novelas nuevas todos los meses, las cuales recibiré mucho antes de que aparezcan en librerías, y factúrenme al bajo precio de $3,24 cada una, más $0,25 por envío e impuesto de ventas, si corresponde*. Este es el precio total, y es un ahorro de casi el 20% sobre el precio de portada. !Una oferta excelente! Entiendo que el hecho de aceptar estos libros y el regalo no me obliga en forma alguna a la compra de libros adicionales. Y también que puedo devolver cualquier envío y cancelar en cualquier momento. Aún si decido no comprar ningún otro libro de Harlequin, los 2 libros gratis y el regalo sorpresa son míos para siempre.

416 LBN DU7N

Nombre y apellido	(Por favor, letra de molde)	
Dirección	Apartamento No.	
Ciudad	Estado	Zona postal

Esta oferta se limita a un pedido por hogar y no está disponible para los subscriptores actuales de Deseo® y Bianca®.
*Los términos y precios quedan sujetos a cambios sin aviso previo.
Impuestos de ventas aplican en N.Y.

SPN-03   ©2003 Harlequin Enterprises Limited

Deseo™

Una negociación millonaria

Tessa Radley

Al pasar de padrino de boda a tutor de un bebé tras un suceso traumático, el rebelde millonario Connor North decidió exigir sus derechos. Si la dama de honor, Victoria Sutton, pretendía formar parte de la vida del bebé, tendría que jugar de acuerdo a sus reglas. Así que Victoria se mudó a su mansión e incluso accedió a convertirse en su esposa.

A pesar del desprecio inicial que sentía por el poderoso hombre de negocios, Victoria acabó por sucumbir a sus encantos. Ninguno de los dos había calculado la fuerza del vínculo que los iba a ligar al niño, ni la que surgiría entre ellos. Sin embargo, la revelación de un secreto podría destruir aquello que tanto les había costado encontrar.

¿Accedería a las exigencias de aquel hombre?

Bianca™

Una prueba de embarazo lo cambió todo...

Danette Michaels conocía las reglas del juego cuando se convirtió en la amante secreta del príncipe Marcello Scorsolini. No habría matrimonio entre ellos, ni futuro en común, ni reconocimiento público. Sólo tenía su fuerte cuerpo siciliano y toda su pasión.

Pero Danette no soportó seguir siendo su inconfesable secreto ni un día más. Quería todo o nada; y eso significaba que su aventura había terminado.

La amante secreta del príncipe

Lucy Monroe